Das Buch

Die tschechische Autorin Dora Kaprálová erforscht mit sprachlicher Leichtfüßigkeit und spielerischer Dreistheit die Beziehung zum anderen, der sich ihr überall im Leben zeigt. Ein Kellner, der TV-Koch Jamie Oliver, ein Guinnessbuch-Rekordhalter, eine Jugendliebe, ein Formel-1-Rennfahrer, einer, mit dem sie zusammenlebt ...

Dass manchmal Ungeheuerlichkeiten zur Sprache kommen, tut der Autorin verständlicherweise sehr leid. Sie weiß, dass ohne sie einigen der kleinen Szenen die innere Wahrheit fehlen würde. Denn lebensspendende Energie kommt nicht nur vom gewöhnlichen Sex, sondern auch von einer überirdischen Sehnsucht. Das spüren auch die Rehe, wenn sie nach der Jagdsaison schweigend am Salz lecken.

Die Autorin

Dora Kapralová wurde 1975 in Brno, Tschechien, geboren, und lebt in Berlin. Zahlreiche Veröffentlichungen auf Tschechisch. Ihre zwei Erwachsenenromane und ein Kinderbuch sind im Balaena-Verlag in deutscher Übersetzung erschienen. Ihr Werk wurde mit zahlreichen Preisen ausgezeichnet, unter anderem zweimal mit dem Tschechisch-Deutschen Journalistenpreis (2016, 2017).

Die Übersetzerin

Nataša von Kopp wurde in Baden-Baden geboren und wuchs in Deutschland, Japan und der Tschechoslowakei auf. Seit 2008 arbeitet sie als unabhängige Filmemacherin, Fotografin sowie als Dozentin für Film und Filmgeschichte. Sie macht mit Kindern Film- und Fotoworkshops, vor allem an der Akademie der Künste in Berlin, und übersetzt seit einigen Jahren Literatur vom Tschechischen ins Deutsche.

Dora Kaprálová

Winterbuch der Liebe

Aus dem Tschechischen von
Nataša von Kopp

In Liebe P. E. gewidmet, dessen Buch Eine Frau
ich nie zu Ende gelesen habe.

Jeden Tag schreibe ich jetzt einen kurzen Text
über einen Mann, so wie Sie und P. E. (Péter Esterházy)
es mir empfohlen haben.
Danke. Es ist eine schöne, ruhige Wintergewohnheit.

Es gibt einen Mann. Ich liebe ihn. Er ist alt wie Methusalem, und wenn er sich streckt, knirschen seine Knochen. Er hasst mich mit dem wilden Hass armer alter Männer. Er behauptet, es käme eine Zeit mautfreier Brücken. Ist das irgendetwas über den Tod? Goethe? Ich verstehe kein Wort, und deshalb liebe ich ihn so sehr. Am liebsten trinke ich mit ihm Russische Schokolade, und dann denken wir über Fontane nach, der ist nämlich schon lange tot und als Thema mehr oder weniger neutral. Ich sage ihm: „Mein Herz zerspringt nur ganz gewöhnlich. Ihre Nüchternheit ist die Flagge meines kleinen Bootes. Laufen Sie Schlittschuh? Ich liebe Sie. Aber es ist schwer, solchermaßen und so sehr!" Er schweigt ein wenig hochmütig. Dann schreibt er mir in Schönschrift auf die Rechnung: *Was nervst du mich ständig?*

Es gibt einen Bund. Ich liebe ihn. Er heißt Gender. Er hasst mich. Behauptet, ich könne nicht, ich könne einfach nicht im rosa Negligé und mit rotem Bärtchen schreiben.

Es gibt einen Mann. Ich hasse ihn. Und er tut mir auch leid. Im Bahnhofsrestaurant *Zur Kleinen Lokomotive* beugt er sich über mich. Er ist ein dicker Kellner mit schütterem Haar und mit Brillengläsern, beschlagen vom Küchendunst. Ich sage ihm: „Herr Ober, ich nehme eine Russische Schokolade. Mit Sahne." Sein Mund verzieht sich und er stottert: „Und da-da-das ist, bitte, was?" Er stinkt säuerlich, dieser Mund. Geduldig erkläre ich ihm, dass es sich um eine gängige habsburgisch-monarchistische Gepflogenheit handelt, Wien ist nicht weit. Deswegen sollte es in jedem netten mährischen Bahnhofsrestaurant Russische Schokolade geben. Doch ich verliere meine Sicherheit und, ja, ich entschuldige mich sogar, entschuldige mich. „Wir sind hier nicht im Ritz, da musst du schon ins Ausland", zischelt er und sein Nationalismus-Pfeil trifft. Denn vor einer kurzen Weile war ich im Ausland und blickte auf zu ... Vor den schmutzigen Fenstern fahren schmutzige Schnellzüge und Regionalbahnen vorbei, in denen schmutzige Kinder und Mütter in weißen Jacken sitzen mit Flecken auf ihren hellen Jeans, schon seit der Stadt Olomouc verärgert darüber, dass auch sie schmutzig sind, so traurig, so hoffnungslos schmutzig. *Zur Kleinen Lokomotive* wird nicht geheizt, oder es wird geheizt, aber nur so, dass man sich nicht beschweren kann, also eher nicht geheizt. Die Heizung ist lauwarm und drei einsamen Trinkern steigt die Atemluft vor ihren Mündern auf. Januar, Schneeregen. „Also einen Beuteltee-*Grog*", notiert sich der Kellner. Im Radio fragt eine Moderatorin, wie sich Männer ihre ideale Frau vorstellen. Und schon treffen die Antworten ein, werden in den Äther geworfen. „Also", sagt die Moderatorin, „die ideale Frau sollte sagen: ‚Leg mich dreimal täglich flach, aber zuerst bügel ich dir deine Hemden und Shorts‘, oder: ‚Liebling, der Braten steht im Ofen, dein Bier im Kühlschrank, in der Glotze läuft Fußball, und danach, da …‘, *während*", lacht die Frau mit einer Stimme, die anfangs kein klares Gefühl erkennen lässt, nun aber schon, denn während sie spricht, versagt ihr die Stimme nach und nach. Vielleicht war sie einmal ein anständiges katholisches Mädchen aus Rimavská Sobota, bis sie als Volontärin beim Radiosender *Břeclavský šuhaj* anfing. Vielleicht war sie bis zu diesem stummen Aufschrei eine fröhliche Cheerleaderin der Kreisklasse, bekannt vor allem in der Gegend um Rimavská Sobota, doch dann hat sie mir nichts, dir nichts mit ihrem Leben was *Nützlicheres* anstellen wollen, weiß jetzt aber nicht genau *was*, also unterdrückt sie für den Anfang zumindest die Tränen … Auf dem Bahnsteig läuft eine alte Frau, schlurft dort auf Krücken entlang und bringt den Toilettenschlüssel zurück. Ihr Zug fährt inzwischen ab.

Wir sind Sklaven unserer Sehnsucht, sage ich im Städtchen O. zu meinem lethargischen Grog und trinke ihn nicht einmal aus. Ich steige in eine schmutzige Regionalbahn, dann in einen Schnellzug, dann in eine Rakete, ich muss nur schnell ein Abteil ohne eine Mami in weißer, schmutziger Jacke finden, die ihrem Mann sagt: „Dein Bier steht im Kühlschrank, in der Glotze läuft Fußball …" Ohne eine liebe und gleichgültige Mami, die später draußen über ihr Leben nachdenkt und sich wundert: verlassen! Dann lamentiert diese Mami in weißer, schmutziger Jacke; und solcherlei Mamis gibt es en masse. Sie sind reinlich, waschen, bügeln, backen, der Ofen ewig warm, das Bier ewig kalt; und lieb sind sie, nicht so wie ich.

Gerade mit denen möchte ich jetzt nicht im Abteil sitzen. Ich habe einen anderen Plan: Russische Schokolade. So eine, die es nicht gibt.

Es gibt einen Bund. Ich liebe ihn. Er nennt sich Femen. An einem Tag kämpfen seine Mitglieder im eiskalten Davos. Sie haben ihre Brüste mit Parolen zum Thema Frauenrechte bemalt. Sie sind gottgesandt. Sie kämpfen gegen die Kirche, doch Gott liebt sie, denn falls Gott ein Mann sein sollte – und Gott *ist* ein Mann –, dann liebt er ihre sorgfältig zurechtgemachten Frisuren, das ausrasierte Schamhaar, die roten Lippen und nackten Brüste, diese militante Entschlossenheit, die Müdigkeit und das präzise Marketing. Sogar ein paar Frauen und Männer lieben Femen. Am meisten die feministischen Anwälte, die für Femen gegen Macho-Anwälte kämpfen, und dann dieser Mafiaboss, der das alles heimlich lenkt. Es gibt einen Bund. Seine Mitglieder weinen in die Kameras der Welt, feilen ihre Nägel, färben sich das Haar und hecken nebenher in der Sauna Strategien aus. Es ist ein sehr lächerlicher und sehr wichtiger Bund; stärker noch als der Feminismus, stärker als Gender, stärker als Facebook, stärker als Öko, stärker als Veganismus, stärker als ein Workshop über Sexismus, stärker als maskuline Unsicherheit, stärker als eine Metapher, stärker als die Liebe.

Das ist Sextrismus. Kindlich und grausam wie ein Märchen aus den Karpaten.

Es gibt einen Mann. Im Haushaltswarenladen stehe ich ihm gegenüber. Ich bin um einen Kopf größer. Er misst also geschätzte 163 cm. Er trägt einen blauen Geschäftsführerkittel, hat eine Glatze, eine rote Nase, leichtes Übergewicht und in der Brusttasche einen Kugelschreiber. Er ist zuvorkommend. Er stößt mich ab. Ich liebe ihn, als ich fünf Jahre alt bin und er sieben. Blonde Locken, blaue Augen, ein Engel. Mit seinen Eltern fahren wir im Trabi zur Datsche raus. Der Schnee schmilzt, im Fluss treiben Eisschollen. Wie lässt man einen Jungen die Kraft seiner Liebe spüren? Während der Fahrt schaue ich auf seine Schuhe, höher nicht, höher würde ich mich schämen, höher hat er nämlich sein Gesicht, Augen und auch einen Mund, und irgendwo in der Mitte seinen Pimmel, der mich in diesem Moment aber nicht interessiert, dann schon eher seine Seele. Wir sind am Haus. Seine Eltern schicken uns mit einer Metallgießkanne zum Fluss Wasser holen. Wir gehen. Im Wald sagt mir dieses Bürschchen, es langweile sich mit mir, ich sei blöd und solle allein gehen. Ich gehe. Und schon bin ich am Fluss, schon beuge ich mich mit der Gießkanne zum Wasser hinunter. Der Strom ist stark, er reißt die Kanne mit sich. Ich springe der Kanne hinterher, ich liebe ihn. Und deswegen liebe ich auch diese Kanne, denn sie gehört dem Chef des Haushaltswarenladens, aber das weiß ich nicht, das kann ich ja noch nicht wissen, dass er der Chef wird.

Der Strom des Flusses reißt mich mit, ich greife nach einem Stock. Die Gießkanne treibt davon, bleibt erst am Wehr hängen. Ich ertrinke nicht, kehre nur nass mit diesem Stock in der Hand und ohne Kanne zurück. Meine Strumpfhose trocknet über dem Ofen, ich bin in eine Decke gewickelt und sein Papa droht mir: „Du, wenn deine Eltern keine Versicherung haben, dann weiß ich nicht, mit dieser Gießkanne, du …" „Du", sage ich dem Chef des Haushaltswarenladens, „habt ihr eine 250-Watt-Glühbirne? Aber keine Sparlampe, sondern eine richtige, so groß?" Er strahlt. Unter seinem Kittel schwillt ihm die Eichel. Er beißt sich auf die Zunge. Er heißt Lojza und ist dreifach geschieden.

Es gibt einen Mann. Ich liebe ihn. Er liebt mich. Es ist mein Mann. Ich stehe ihm in Strumpfhosen gegenüber, es ist Nacht, ich bin schwanger, und zwar sehr. Und dann mache ich mir plötzlich in die Hose. Er ist angeekelt. Ich jedoch liebe dieses unverhoffte Gefühl der nassen Strumpfhose. Ich lächele dümmlich, es ist ja nichts Persönliches, nichts gegen unser Zusammensein. Doch er liebt Hygiene. „Wer soll denn das waschen?", so seine verärgerte Frage. *Waschen muss man bei 90 Grad, den Dreck muss man auskochen. Der Mund muss ausgespült und das Glied eingeseift werden.* „Um Himmels willen, versprich mir, dass die Geburt noch nicht losgeht! Bitte sag, dass die Geburt noch nicht losgeht!" „Die Geburt geht nicht los", sage ich leise. „Aber ich würde dir gern einmal einen Jungen schenken. So einen, genauso einen wie dich, nur weniger hygienebesessen."

Er lächelt wieder wie ein Sieger, die Waschmaschine wäscht die Strumpfhose, der Altar der Sauberkeit rotiert. Das, du Dummchen, nennt man Waschzwang.

Ich gehe schlafen, es ist ja Nacht. Sieger sind meistens einsam, Rennfahrer Barrichello, wusstest du das nicht? Während die Nationalhymne gespielt wird, küssen sie auf der Zielgeraden die Fahne, aber sie sind einsam, schrecklich einsam.

Nur ausnahmsweise verlasse ich ihn, immer verzeihe ich ihm. Ich liebe ihn, ich hasse ihn, er liebt mich, er hasst mich. Es gibt einen Mann, es ist mein Mann.

Heute habe ich sie zum ersten Mal in unserem Hausflur gesehen. Genau, die Tochter von Esterházy. Sie trug den Kinderwagen mit ihrem kleinen Sohn die Treppe hoch, ich lief ihr kurz hinterher, beschleunigter Atem, dann habe ich abgewunken. Was hätte sie denn denken sollen? Dass ich eine Psychopathin bin? Ich ging also heim und kochte mir einen Tee. Sie hatte sich inzwischen an ihr Küchenfenster gestellt und pflückte, mit langsamen Bewegungen, Minze.

Es gibt einen Mann. Im Gegensatz zu mir kann er bereits lesen und schreiben, aber nicht besonders gut; im Übrigen wird er sich nie darin hervortun. Wir waren in ihrer Datsche, also fahren wir jetzt zu uns. Er ist wegen meines Bruders gekommen, nicht wegen mir, und ja, er ist es, Lojza … Auf dem Dachboden tuschelt er mit meinem Bruder und eröffnet mir dann feierlich, dass er mich küssen wird, wenn ich es zehn Minuten in einer geschlossenen Truhe aushalte, auf die sich beide draufsetzen. Und ich soll, sagt er noch, bloß nicht vergessen, „dass die Truhe ein Sarg ist und in ihm tote Leichen verrecken". Dann öffnet er den Buchenholzdeckel und ich klettere hinein: „Ich geh rein, Jungs." Er klappt den Deckel zu und ich höre, wie die beiden ihr Lachen unterdrücken. In der Truhe stinkt es nach Moder, Mäusekacke und auch nach den toten Leichen, die dort verrecken. Ich zähle bis zehn und sage mir das Wort *Eigelb* rückwärts auf. Dann male ich es mir aus. Diesen Kuss. Endlose Minuten denke ich darüber nach. Schließlich öffnet sich der Deckel. Und der künftige Chef des Haushaltswarenladens sagt: „Ich küsse dich. Ich küsse dich. Aber du musst mich auf der Schaukel schaukeln." Also gehen wir hinter die Datsche zur Schaukel, und da ist gar keine Schaukel, sondern eine Hängematte, die zwischen den Fichten baumelt. Ich fühle, wie mein Herz rast. Er klettert da rein wie eine Spinne in ihr Netz, denke ich, und: aha, ich bin wohl seine Fliege. Langsam fange ich an, ihn zu schaukeln. Ich schaukle und schaukle, zwischen seinen Zähnen hält L. einen Getreidehalm. Es ist August. Ich schaukle ihn und schaukle, schaukle mein Leben, das Leben meiner Eltern, das Leben der toten Mäuse, das Leben der toten Seelen, der im Fluss ersoffenen Gießkannen, ich schaukle ihn und schaukle, tanze und schaukle, liebe und schaukle, hasse und schaukle, liebe und schaukle und allez hopp … und ups: L., mein Künftiger aus dem Haushaltswarenladen, fällt … fällt auf die Nase. Bricht sich die Nase. Armes Würstchen. Heult auf und schreit. Der küsst mich nicht mehr, und hassen schafft er auch nicht mehr. Er muss nämlich in die Notaufnahme. Er hat eine gebrochene Nase, mein Lojza hat einen kaputten Rüssel, er ist ein Ungeheuer mit einem grauslichen, kaputten Rüssel, und er ahnt gar nicht, dass er in ein paar Jahren nicht mehr wachsen wird, dass er eine Glatze bekommt und leichtes Übergewicht und dass sich sein Ruhm hauptsächlich auf den Haushaltswarenladen in der Kobližná-Straße in Brünn und die angrenzenden Gässchen beschränken wird. Und für den hab ich mich in einen Sarg gelegt! Kussbereit. Ich sage mir, dass ich für nichts und wieder nichts in diesem Sarg gelegen hab. Ich weine, weil ich ihm die Nase gebrochen hab. Also seine Nase gegen mein Herz. Leid tut es mir um sein Leben, um dieses gebrochene, verkorkste Leben. Ich liebe ihn, er hasst mich, ich liebe, er hasst … Bald jedoch wird er mir egal sein.

Es gibt einen Mann. Ich liebe ihn. Ich bin ein Kind und leide schon seit über einem Jahr unter Schlaflosigkeit. Winter 1984, ich lese über ihn auf dem Plumpsklo hinter der Datsche im Magazin *100+1*. Drei Jahre lang hat er nicht geschlafen, er steht im Guinness-Buch der Rekorde und heißt Miguel Cervesa. Er stammt aus Havanna, und auf die Frage, was er als Nichtschläfer so treibe, hat er geantwortet, dass er nachts Fliegen fange und über das Schicksal dieses Planeten nachdenke, und auch über die Liebe zu seiner Frau denke er nach und über seine drei schönen kubanischen Kinder. Wenn ich etwas über ihn lese, nenne ich das Plumpsklo *Kubibude* und nicht *Kackbude* und will gar nicht mehr weg. Selbst wenn es draußen dunkel ist und kalt, wenn es Eiszapfen gibt und Schnee. Ich liebe ihn. Außerdem hat er einen Bart. Wie mein Vater, wie der Verbrecher Fidel Castro, wie Gott.

Es gibt einen Bund. Ich liebe ihn. Er heißt Gender. Er hasst mich. Behauptet, dass das Engagement ein permanenter Kriegszustand sei und ich diesen Zustand mit meiner Nachlässigkeit verunglimpfe, mit meiner Unverbindlichkeit, mit meiner Leidenschaft à la *hopplahopp*.

Es gibt einen Mann. Ich liebe ihn. Ich stehe am Redner-
pult im Krematorium, inmitten der Trauergäste suche
ich ihn. Er liebt mich verscheuchend, wie eine Fliege.
Wenn jedoch dieser Mann, den ich suche, im Antiquariat
in einem Buch blättert, wenn er seine Nase in alte
Drucke steckt, wenn er mit seiner Zunge unkoordiniert
hin- und herfährt, während er die Seiten alter Druck-
erzeugnisse umblättert, wenn er die merkwürdigsten
Passagen in den obskursten alten Texten mit Spucke
unterstreicht, vergisst er, mich zu verscheuchen. Dann
ist er ganz woanders. In solchen Momenten habe ich
Angst, dass er in das Buch hineinstürzt und sich mit
Druckerschwärze beschmiert. Dass er sich völlig ver-
schmiert und ich das wieder nicht verhindern kann.
Verscheuch mich nur, verscheuch mich! Aber nein,
schon stürzt er in Bücher hinein, auf der Nase Druckerschwärze und die Brille benetzt. Ansonsten ist er ein
sehr anständiger, man könnte fast sagen zartbesaiteter
Mensch, extravagant nur dadurch, wie seine Zunge mit
einem fremden Buch kämpft. Seltsam, dass diese Zunge
zum Beispiel niemals an mir leckt. Bin ich ihm zu wenig
Effi Briest? Er sollte schreiben, aber er liest lieber wie
besessen, wie ein getunter Marathonläufer. Jeder ist
irgendwie anders. Jetzt aber suche ich ihn unter den
Trauergästen. Und er ist nirgends. Ich werde wehmütig,
und das ist in einem Krematorium wohl auch in Ordnung.

Es gibt einen Mann. Ich l. ihn noch immer. Gleich werde ich den ersten Nachruf meines Lebens verlesen, auf eine kürzlich Verstorbene, die alt und freundlich war – aber das spielt für unsere Erzählung gar keine Rolle. Ich stimme zu, den Nachruf zu halten, denn insgeheim hoffe ich, dass er auf dieser Beerdigung auftauchen wird, *er,* mein Buchschlucker, der mich liebt, wie man nur eine Fliege lieben kann. Schon lange wollte ich ihm ein paar meiner Gedanken über den Tod mitteilen, aber jedes Mal hat er mich verscheucht in der Annahme, ich spräche über Sex. Dann eben diesmal. Doch er ist nicht da. Hinter dem kleinen Pult trete ich von einem Fuß auf den anderen, mache nichts, rühre mich nicht. Die Hinterbliebenen starren auf meine Lippen, doch ich schweige. Und das, denke ich im Nachhinein, wirkt wirkungsvoll. Als die Stille unerträglich wird, lese ich den Nachruf endlich vor. Niemand klatscht, aber das Klatschen liegt in der Luft, die Leute sind auf ihre Weise versöhnt, durch die Luft schwingt unisono: *Atheismus gibt es nicht, Atheismus existiert nicht …* Alles ist verlangsamt, seltsam, seeartig; auf der Treppe vor dem Trauersaal fasst mich ein erbittertes Alterchen am Ärmel, ein hartnäckiges, rundliches Alterchen, rückt mit Geschichten über die Tote heraus, und als ich einen Schritt zurücktrete, hält mich das Alterchen noch fester am Ärmel meines Mantels fest, packt mich grob. *Willst du Tango tanzen, Alterchen, willst du mit mir die Schritte des Todes erleben?*, und während das Alterchen mich festhält, entdecke ich in der Menge meinen Buchschlucker, wie er scheu in Richtung der Gräber eilt, ich verliere ihn aus den Augen. Ihm mit dem nervigen Alten hinterherrennen? Es schickt sich doch nicht, ihn wie ein Friedhofseichhörnchen zu jagen. Außerdem würde sich das Alterchen in meinem Schlepptau wohl eine Lungenentzündung zuziehen. Aber was, wenn der Buchschlucker ausgerechnet jetzt starr vor Kälte und von Trauer überwältigt an irgendeinem Grab kniet? Und dann sehe ich, was ich sehe: Mit dem Schauspieler und Vorleser vom Begräbnis lugt er von fern hervor. Beide dezent versteckt hinter dem Pfahl einer Straßenlaterne. Ich sehe ihre Gesichter im Profil, sie lächeln über etwas, lachen über etwas, biegen ihre Körper vor Lachen, klopfen sich auf die Schenkel, in sicherem Abstand zu den Trauernden, die Zähne gefletscht, das Zahnfleisch sichtbar. Und ich laufe nicht hin. Ich gehe noch nicht mal. Ich will sie nicht stören, das Alterchen hält mich immer noch am Ärmel fest und erzählt. Bezaubert beobachte ich, wie mein Buchschlucker lauthals lacht, wie er glücklich ist, und ja, auch ich bin glücklich für ihn. Dann schreiten wir, die Geheimbruderschaft der Überlebenden, zum Leichenschmaus. Und alle sind wir ausgelassen, unsere Nerven liegen offensichtlich blank. Der Schauspieler, der der Veranstalterin zugeflüstert hatte, das Mikrofon sei *verfickt nochmal* zu billig für seinen Mund, erzählt nun fröhlich von einer Jagd; er ist bezaubernd, im Privatleben einsam. Nach diesem

Leichenschmaus erwartet mich ein weiterer Leichenschmaus (ein winterlicher Ausflug in meine Heimat-
stadt). Die Zeit zwischen den beiden Trauerfeiern
jedoch darf ich mit dem Buchschlucker verbringen, ich
packe ihn am Ärmel, ganz genauso, wie es mich das
hartnäckige Alterchen gelehrt hat. Und tatsächlich, der
Buchschlucker nimmt nicht Reißaus. Gemeinsam klap-
pern wir die Antiquariate der Stadt ab. Schon wieder
leckt seine aufmerksame Zunge heilige Satzabschnitte.
Tief versunken schweigen wir. Und schließlich sind wir
erschöpft; am trägen Nachmittag trinken wir Russische
Schokolade und führen sanfte, unverbindliche Ge-
spräche. Zum Beispiel über Bücher. Im Molekül eines
Staubkorns, das ihm, als er pinkeln geht, an der linken
Schuhsohle haften bleibt, spiegelt sich der Beweis: das
Strahlen eines außergewöhnlichen Gefühls. Sogar etwas Sex blitzt auf, leuchtet ein-, zweimal hell und
verlischt sofort wieder. Macht nichts. Das macht doch
nichts. Was für ein großer Tag! Und in ihm ist so viel
Leben; so viel echtes Leben eingerahmt von Toten,
denke ich aufgeregt bei meiner Schokolade, während
er mit leiser Stimme von einem kleinen und sehr hässlichen indischen Äffchen erzählt.

Es gibt einen Mann, Schauspieler, er hat blond gelocktes Haar, und man hat ihn immer in der Verniedlichungsform angesprochen. Ein ewiger Junge. Slowakisch *Chlapčuljatko.* Er hat in einem Film mitgespielt, der so und so hieß, diesen Film hab ich nie gesehen. Damals. Als ich ihn liebe. Mit fünf sage ich ihm am Taubenteich: „Mein Herr, Sie sind ein Engel", das sage ich und renne weg. Mein Vater, der nur ein Stück weiter an der Böschung steht, blickt bewundernd auf seine Schauspielerin. Er liebt sie. Er will und gleichzeitig will er nicht – also schreibt er hin und wieder etwas über sie. Ein Gedicht oder schneidet sich gern auch mal eine ganze Sammlung aus den Rippen. Wir alle haben Verständnis. Er schreibt über die Schauspielerin ja nur Gedichte. Und das ist alles, und alles ist egal, ist zu nichts, ist nichts, eine Blase beiläufiger Sehnsucht. Auch für mich fühlt er in diesem Moment nichts. Dieser Engelsjüngling. Und ich denke, auch mein Vater nicht, er schreibt ja gerade das Gedicht; so bin ich in diesem Moment nur ein objektiviertes Kind am Wasser, das den Vater hin und wieder an die Hand nimmt, weil es ihn liebt, genau wie er, der Vater, gerade seine Schauspielerin liebt, genau wie das Kind gerade seinen Schauspieler liebt. Das Kind fühlt, dass es gerade zu einem wichtigen Requisit des Gefühlsaufschwungs seines Vaters wird! Es fühlt, dass es eigentlich eine geeignete, äußerlich anziehende Proprietät ist, ein schaukelndes

Boot auf dem See der Gefühle. Wir alle sind doch letztlich nichts weiter als gegenseitige ästhetische Requisiten. Kind an der Hand, das Gesichtchen streicheln. Schau mal, lach mal, da kommt das Vögelchen geflogen, auch wir fliegen, bald fliegen wir, von Begierden befreit, befreit und nackt, dem Himmel so nah, der Hölle fern ...

Es gibt einen Mann, er ist Schauspieler, ein *Chlapčuljatko,* ein Bubi. Ich liebe ihn, während ich ihm am Taubenteich sage: „Mein Herr, Sie sind ein Engel …" Nach Jahren treffe ich diesen Schauspieler in einer Kneipe wieder. An der Bar prahlt er, er habe seit gestern einen Enkel. Ich erzähle, was ich ihm damals gesagt habe. Er kann sich an nichts erinnern, aber er ist gerührt, lacht, im Übrigen ist er Schauspieler, im Übrigen geht es ihm nicht schlecht, er ist frisch rasiert und frisch geschieden. Er beäugt eine junge Schauspielerin mit scharfen Zügen, auch sie ist von dieser Geschichte gerührt, auch ihr geht es nicht schlecht, sie sei ledig, nein, Witwe sei sie gewiss nicht, lacht sie und trinkt. Wir trinken finnisch. *Gerne würde ich euch in diesem feierlichen Moment einen Pullover stricken, doch verstricke, verwirre ich Einfachheit mit Banalität,* sage ich – ach, du verworrene Betrachtung, wo bin ich überhaupt? Aha. Ich liebe ihn nicht. Opa-Schauspieler. Er liebt mich nicht, Opa-*Chlapčuljatko,* Opa-Bubi. Trotzdem umarmt und küsst er mich. Kurz fahre ich ihm mit den Fingern durch die noch festen Locken und möchte ihn *ein wenig* zu mir heranziehen. Seltsam. Ich möchte ihn einsaugen, heftiger, so, dass er sich in mir nicht mehr rühren kann, und mir ist ziemlich egal, dass das unpassend ist, unkorrekt, zu dieser späten Stunde geht es mir im Grunde am Arsch vorbei, ich will, dass er diese längst vergangene Erhabenheit am Taubenteich fühlt. „Ist Engel-Sperma erhaben? Oder opahaft?", fragt einer von hinten an der Bar. Und das bin schon wieder ich, die so dämlich fragt. Von der Bar kehrt mein Mann zurück, erschrocken zuckt meine Hand, stößt das Glas um, ich erschrecke mich vor meinem Mann, die Scherben sind zerdeppert, mein eintretender Mann, mein rührender eintretender Mann, die Musik spielt immer lauter, und es ist der Remix eines Gregorianischen *Orals,* „Mein Herr, Sie sind ein Engel", lispelt die junge Schauspielerin dem Opa zu, der ihr mit dem Mund einen Tropfen billigen Cognacs in den Ausschnitt spritzt, und *auf einmal* ist alles so typisch für die Stadt Brünn.

Die Pupillen der beiden sind vergrößert, in sinnloser Aufregung wenden sie sich von mir ab, vor lauter Aufregung ist der ganze Abend sinnlos, aus Verlegenheit küsse ich meinen Mann. „Warum sind wir nicht zu Hause?", fragt er. „Wir sind doch zu Hause", antworte ich. Und es ist eigenartig. Gleichzeitig sind wir nämlich hier und dort. Finnisch betrunken.

Es gibt eine Sprache. Ich liebe sie, sie liebt mich. Es ist Slowakisch, die Sprache der Emotionen und unterschiedlichsten Leiden. Ich hasse sie und sie hasst mich ebenso.

Es gibt einen Mann. Schon seit Jahrzehnten sind wir uns gleichgültig. Seine Telefonnummer jedoch weiß ich noch immer. An seine Bewegungen erinnere ich mich nicht mehr, vielleicht noch an das Zucken des linken Augenlids und daran, dass er ständig Aschenbecher poliert hat; die Details seines Gesichts habe ich vergessen, in nahezu allem bin ich mir unsicher. Nur seine Telefonnummer weiß ich noch. Manchmal versuche ich, diese Nummer zu vergessen, doch dadurch rufe ich sie mir unnötigerweise ins Gedächtnis zurück.

Es gibt einen Mann. Mit einem Goldzahn im Mund steht er auf der Brücke unweit der Station Möckernbrücke. Dieses Stück könnte heißen *Fang dir deinen Opa*. Wenn ich ihn dort jetzt im Winter zufällig fange, werfe ich in seinen Ziehharmonika-Koffer ein paar Münzen und er spielt mir etwas vor. Da stehe ich dann, lausche und betrachte den Kanal, die trägen Schwäne, die Enten in der Berliner Landschaft. Die Brücke ist überdacht, verglast, und so ist auch dieser Mann, wenn er spielt, völlig verglast, überdacht, ruhig. Ich lausche ihm und liebe ihn, will mich nicht rühren. Auch er betrachtet, während er spielt, die trägen Schwäne und Enten. Einmal, als er sein Spiel beendet, sage ich pathetisch: „Sie haben sich aber ein wirklich schönes Fleckchen ausgesucht." Und er lächelt, sein Goldzahn glänzt, „spasibo", sagt er, „spasibo". Er ist ein ästhetischer Opa, ein Opa-Ästhet, er ist russisch anmutig. Wann immer ich ihn dort treffe, ist mir sein Schicksal nicht gleichgültig. Solange er spielt, verlasse ich ihn nicht. Und er, so scheint es, verlässt mich nicht.

Es gibt einen Mann. Ich liebe ihn, er ist unser Berliner Metzger. Ich gehe einfach nur so zu ihm hin, zum Gaffen. Zum Glotzen. Er bietet mir ein Schulterstück und ein Kotelett an. Viele Arbeiter kommen dahin. Er ist lieb. Ich beobachte seine fleischigen Wurstfinger, wie sie über das Muschifleisch fahren. Ist das Muschifleisch, sagt man dazu *Muschifleisch*, ach, wie nennt man das nur? Klatsch, klatsch, klatsch mich, rate ich ihm. „Wat wollense?", fragt er auf Deutsch, nein, Tschechisch spricht er nicht. Und ich soll keine Russin sein? Und warum, bitte schön, trage ich dann diesen Pelzmantel, hm? Das ist eine lange Geschichte, du Nulpe, der stammt von einer Toten, du kleiner Metzgerdetektiv, sage ich: „kleiner Metzger und Detektiv", na, das hat es noch nicht gegeben. „Polin is ooch jut", spottet der nette Fleischklopfer. Und lacht schon wieder, dieses Würst-chen, dieses Hanswürstchen Gottes. Das Fleisch ist dort ekelhaft, Fliegen sitzen drauf; dieser Laden in einer schicken Berliner Gegend ist eine typische DDR-Flei-scherei, bald geht sie pleite. Ich will kein Fleisch, sage ich mir, ich will, dass du mich zerschneidest, Dumm-chen … „Echt jetzt? Det is aba *janz schön eeklich*", sagt er. Na ja, ich gebe es zu, auch mir graut vor dieser Vorstellung. „Dann eben nicht, vergiss es einfach und gib mir drei Würstchen." Und als draußen keiner schaut, lege ich die Würstchen fein säuberlich und symmetrisch neben eine Mülltonne, für Hunde und

Ratten, den Kindern kaufe ich bessere ohne gemahlene Fliegen drin. Auf dem Heimweg quetsche ich mich in einer Menschenmenge an Polizeifahrzeugen vorbei, Demonstranten kämpfen gegen die Räumung eines besetzten Hauses, Trommeln und Lautsprecher, Händeklatschen, ein Herz, eine Menge, ein furchteinflößender Aufmarsch überaltert aparter Veganer, militanter Haferfresser, maskuliner Unsicherheiten, femininer Leere, die siebte Hippie-Generation mit Kreditkarten in den Taschen. Zwischen all denen bin ich die einzig Ruhige, klatsche nicht und tanze nicht, trommle nicht und schreie nicht, stehe mit beiden Beinen fest auf dem Boden und dabei ist mir ganz leicht; leise liebe ich meinen Metzger. Er ist ein Einzelgänger, ein Individuum, eine Persönlichkeit, ein Arbeitstier, niemals würde er mit einem solchen Haufen alternativer Blagen mitmarschieren. Er ist mein Metzger. Metzgeriger Metzger. Mit Blut an der Weste.

Es gibt einen Mann, er liebt mich. Ich liebe ihn. Er ist mein Mann. Alles ist in Ordnung, wir ruhen uns aus. Ich frage ihn, ob er nicht gerade jetzt Lust hätte, mich am rechten Fuß zu packen und über den Boden zu schleifen. Er schweigt. Dann sagt er leise: „Nein."

„Na gut", antworte ich. Und dränge ihn nicht weiter.

Es gibt einen Mann. Ich liebe ihn, ich hasse ihn. Er liebt sich. Er verachtet mich. Er hat eine Glatze, eine Art Froschgesicht; hätte er keine Glatze, er wäre eine schöne Frau. Sieht er einen Spiegel, geht er an Schaufenstern vorbei oder spiegelt er sich zum Beispiel im Bistro-Spiegel, und da ist es am auffälligsten, versäumt er nie, sich flüchtig zuzulächeln. „Was auffällig ist, kann auch peinlich sein", sage ich ihm im Bistro mit den vielen Spiegeln. Er nickt, denkt sich, dass ich wohl wieder mal was sage. Er nimmt mich nicht wahr. Er betrachtet sich im Bistro-Spiegel. „Gefalle ich?", raunt er für sich und fasst mir unterm Tisch ans Knie, haut sich liebevoll auf seine Schenkel, übertreibt es. Nein, er darf nicht schreien, nicht hier und nicht jetzt, nicht mit diesem Ausdruck, ganz ruhig! „Gefalle ich?", raunt er erneut für sich, schon ruhiger, poliert sich mit der Handfläche seine Glatze. Oder wenn er morgens Hemden anprobiert. „Steht es mir?", fragt er und dreht sich, neigt sich mit dem ganzen Körper zu mir, nach einer schnellen Nummer am Morgen, die in der Karibik „Bienchen sticht und fliegt davon" heißt; bedeutungsschwanger dreht er sich, ihm liegt viel daran, was ich antworte, mit der Betonung dieser einfachen kleinen Frage gibt er sich viel Mühe, er will die Antwort mit einem Haken aus mir herausfischen, da es hier um keine Kleinigkeit geht, sondern um die Präsentation eines Mannes, der präsentiert, also nicht irgendeines beliebigen Mannes, sondern eines Mann-Mannes, eines Rosen-Mannes, Präsident könnte er auch sein, schade, Dissident war er nie, ich schweige, er neigt sich zu mir. Ich schweige.

Meine Zeit ist abgelaufen, er langt mir eine, klebt mir eine, gibt mir eine klitzekleine Ohrfeige. „Ja, es steht dir", sage ich dann ruhig und ziehe auf dem Sofa diese löchrige schwarze Strumpfhose weiter hoch. „Wann gehst du endlich zur Pediküre, hm?" „Was hast du ständig?", rege ich mich auf. Er geht. „Deinem Hemd steht es", sage ich flehentlich, „deinem Hemd steht es wirklich", rufe ich erschrocken, damit er sich, bevor er geht, noch einmal, wenigstens einmal noch nach mir umdreht. Immer habe ich Angst, dass er für immer geht. Jedes Mal wünsche ich mir das. In seinem Garten züchtet er Rosen und er hasst Hundescheiße. Nachlässig und kokett dreht er sich um: „Weiß ich doch, dass mir das steht!" Er ist so reizend, so samtig! Grundsätzlich stinkt er nicht. Er riecht nicht. Und hasst Hundescheiße so sehr. Ich bin nicht seiner würdig. Seltsam. Dass mir das nicht früher aufgefallen ist.

Es gibt einen Mann. Etwas wollen wir voneinander, wir wissen nicht, was. Dann gehen wir wenigstens für eine Weile in eine Kapuzinerkrypta in der Stadt B., während es regnet. Auch in der Krypta wollen wir was voneinander. Dann hört es auf zu regnen, wir treffen in den Kapuzinergärten einen Vater mit seiner erwachsenen, korpulenten Tochter, über eine touristische Karte gebeugt. Ich denke mir, sie sind aus Znojmo, wo sie Gurken züchten, er aber sagt, aus Valašské Meziříčí. Ein kurzer Streit über ihren Heimatort. Dann gehen wir jeweils in unsere Orte zurück. Wir wissen jetzt, dass wir was voneinander wollten, dort unten eingeschlossen in der Krypta, wir wissen nur immer noch nicht, was. Es gibt einen Mann und es ist ein Kryptomann, er mag es, wenn die Tage lang, hell und lauwarm sind, aber wer weiß.

Es gibt einen Mann, einen Mann meiner Träume. Anfangs ist es ein freundlicher Traum, fast meditativ, der Ort: die Siedlung Licht in Vysočina, Spätsommer. Dann aber treffe ich diesen Mann. Er sagt mir: „Die Trauer ist mein Boot."

„Aber, aber", antworte ich, „hier ist doch weder ein Fluss noch ein Meer." Und er daraufhin: „Na *ja*, na *eben*."

Es gibt einen Mann, und er ist ein Literat aus den wilden postkommunistischen, kapitalistischen 1990er-Jahren. Also liegt er im Bett, das mit einem Stipendium der 1990er-Jahre finanziert ist, denn er ist ein eingeführter Literat, er hat sich hier und dort eingeführt, und so hat er mich hierhergeführt, in eine Pension aus den 1990er-Jahren. Nackter krummer Rücken, und ich, immer noch hungrig nach Leben, liege jetzt etwas enttäuscht neben ihm, etwas schief, mein Rücken tut mir bis jetzt noch nicht weh, und so denke ich, an seinen schmerzenden Rücken. Mütterlich, fällt mir ein, wie sonst könnte ich jetzt an seinen Rücken denken, sein Rücken rührt mich, sein Rücken bewegt mich, ein Rücken mit Skoliose, wie viel musste er in seinem Leben ertragen, geschaffter Rücken eines Eingeführten. Wie viele Frauen, Geliebte, wie viele leibliche und fremde Kinder, wie viele Vorwürfe, wie viel Entkommen, wie viele Bitten um Verzeihung, und ob dem Rücken des Mannes aus den 1990ern wohl jemand vielleicht irgendwann mit einer Peitsche einen Hieb versetzt hat, eine Frau, mutig, sadistisch, nicht so wie ich, nicht hier und nicht heute. Ich beobachte nur tonlos und mit einer bestimmten Aufmerksamkeit, Verbitterung und Bewunderung seinen Rücken. Da springt der Eingeführte plötzlich aus dem Bett und schüttelt sich wie ein Esel, und ich sehe jetzt auch warum. Er holt sein Notizbuch heraus und fängt an, mir vorzulesen, er liest wild und energetisch vor, seine Poesie sprudelt aus ihm wie Sperma aus Gold. Er liest lange, von sich selbst eingenommen, konzentriert, belustigt, seinen schmerzenden Rücken an das Kopfteil gelehnt. Und in diesem Zeitraum bin ich da und bin nicht da, vielleicht darf ich seufzen, ja, das könnte ich, oder nur atmen, das könnte ich wohl auch, denn es geht um die Worte eines Mannes, der eingeführt ist, also, kaum hat er sein apartes 1990er-Jahre-Glied aus meinen noch nicht eingeführten Eingeweiden und meinem bis auf die Knochen entblößten Inneren herausgeführt, kaum hat er sich erholt und einen neuen Kurs eingenommen und neuen Atem geschöpft, beginnt er vorzulesen, um mich aufzuklären, mich zu belehren und vielleicht auch zu erfreuen. Und das besänftigt ihn so sehr, dass er nach der zehnten Seite seines Tagebuchs einschläft. Er schläft sofort und wonnig ein, obwohl draußen noch Vögel zwitschern, und auch ich schlafe nach einer Weile ein, tonlos, etwas verzweifelt, das nenne ich eine Autorenlesung, fällt mir halb vergnügt ein, Hauptsache, den Eingeführten nicht wecken. Für heute habe ich ernsthaft genug, und plötzlich wache ich auf, der Eingeführte knirscht laut mit den Zähnen, als wäre er schon ein eingeführtes Gerippe. Auf dem Tisch liegen drei Äpfel, Bewegungslosigkeit, draußen stockdunkel, ein bisschen Horror. Ich klopfe ihm vorsichtig auf den schmerzenden Rücken und zische reumütig: „Entschuldige." Was weckst du mich? Klagt er, und für eine kurzen Moment hört er auf zu knirschen.

Es gibt einen Mann. Viele Frauen lieben ihn, er heißt Jamie Oliver. In der weltbekannten Kochserie fährt er oft mit dem Motorrad, auf Traktoren, und gelegentlich fliegt er mit einem Hubschrauber auf ländliche Höfe, der Kräuter und der Milch, des Fleisches und der Eier wegen, meistens reitet er in Schottland, wo die Landschaft schön ist, mit sanften grünen Hügeln und schwarz-weißen Kühen. Er ist verheiratet, er liebt seine Frau und seine Kinder, aber ich liebe ihn trotzdem mit Millionen anderer Frauen von Santiago de Chile bis Nowosibirsk, und er weiß es wohl gar nicht, während er auf einem Traktor Kräuter holen fährt, ein gelangweilter Fernsehstab hinter ihm.

Es gibt einen Mann. Er ist ein Müllmann. Ich beobachte ihn aus dem Küchenfenster. Er pinkelt diskret in den Schnee an der Hinterhofmauer, während seine Kumpels in orangen Jacken der Berliner Stadtreinigung Mülltonnen rollen, wälzen, die Container mit Rollen ruckartig ziehen, laut über den Hof auf die Straße. In den Containern befindet sich sortierter Müll, wahrscheinlich auch ein paar Ratten, eine unbenutzte Zugfahrkarte, ein Brief einer Frau an einen Mann, nie abgeschickt, ein alter Kamm, benutzte Windeln, ein Kondom, eine Lampe und ein lila Lippenstift. Könnte ich diesen Mann lieben? Er mich? Aber was ist das für eine Frage, ich beobachte ihn doch nur, was gehen wir *uns* an? Ich sehe, wie er bei dem Container pinkelt, in den ich gerade vorhin eine Tüte mit Müll reingeworfen habe. Ich sehe, dass er pinkelt und dass er einen kleinen gelben Klecks im Schnee hinterlässt, der gelbe Fluss, *žlta riečka*. Und dass jemand, der den Müllmann wirklich liebt, den kleinen gelben Fluss liebevoll untersuchen wird. Er wird ihn mit dem Blick liebkosen und wird erfrischt weitergehen. Vielleicht einer seiner Kumpels. Oder ein Asiate, Chinese vielleicht, irgendeiner. In einer besseren Welt. Dort wo *Antony (and the Johnsons)* seine Hits singt.

Es gibt einen Mann. Heute habe ich von ihm geträumt. Er ist und ist nicht mein Blutsverwandter. In dem Traum liebe ich ihn aber wie einen Verwandten, es ist schließlich ein Onkel, heute ein schon alter Amerikaner. Er wirkt vertrauenswürdig, obwohl … Ich erinnere mich, wie er mich damals im leichten Sommerkleid fotografiert hat, mit welchem Genuss er den Auslöser drückte, bei ihnen zu Hause in W.S.

Es gibt einen Mann, und das ist so ein Mann, der zu euch kommt, wenn ihr gerade ein geschwollenes Auge habt, und euch einfach sagt, dass ihr heute *very very cute* ausseht, er umarmt euch und gibt euch einen Kuss. Er ist und ist kein fremder Mensch. Aber er ist auch kein Blutsverwandter. Er sagt all diese Sätze und ihr wisst nicht, ob er sie überhaupt aussprechen *darf*, wenn er nicht blutsverwandt ist. Aber er ist Amerikaner, dann wohl doch, sein Optimismus eines Weißen aus den USA berechtigt ihn wohl genau dazu. Genau von so einem Mann habe ich diese Nacht geträumt. Als bei meiner Tochter das Fieber sank. Der Traum war ruhig und voller Liebe. Ich fuhr mit ihm im Bus in Manhattan; ich fühlte mich geliebt, aber nur so gewöhnlich. Und ich selbst habe ihn auch nur gewöhnlich geliebt. Eine Liebe, mit der ihr euch sorglos aus dem Fenster eines zweistöckigen Busses hinauslehnen, das Treiben der Großstadt beobachten könnt und dabei wisst, dass neben euch einer sitzt, bei dem ihr euren Kopf anlehnen könnt, wenn er vor Müdigkeit einnicken will; jemand Nahes und dabei unscharf. Ein verwischter Mann, der eine weiche schmerzfreie Liebe verdient. Ein Mannsbild aus einer im Traum entwickelten freundlichen Fotografie.

Es gibt einen Mann, einen unbekannten Opa mit einer Kamera. Wir begrüßen uns scheu und setzen uns auf dieselbe Bank. Seine Beine gehorchen ihm nicht mehr, aber mit der Kamera knipst er flink, er fotografiert den Altstädter Ring in Prag, alles von der Bank aus. Er fotografiert auch ein älteres Paar, das gerade bedächtig an uns vorbeispaziert, wahrscheinlich Eheleute. Die Frau sagt zu ihrem Mann: „Es sticht schon wieder in die Leiste." Und er, ein würdevoller Mann im Anzug: „Du gehst mir auf den Sack."

Es gibt einen Mann. Er ist im Stimmbruch. Er hat Akne, Schnurrbart und steckt dazwischen. Wie könnte man es sagen: Er hat dünne haarige Arme und Beine, einen etwas weiblichen spitzen Po und trägt ein T-Shirt mit dem Aufdruck *Mano Negra Illegal.* Wir lassen in Arizona unsere Beine auf einem Stromkasten baumeln, es dämmert, er ist vierzehn und ich bin zwanzig. Wir lassen die Beine oft auf dem Stromkasten baumeln. Ich fahre meine Freundin immer zu seinem Vater, später fahre ich sie wieder zurück. Sie – eine angehende Psychiaterin aus Sao Paolo – liebt ihn mit einer jungianischen Liebe, er liebt sie mit dem müden Temperament eines hundert Kilo schweren Bullen. Wir zwei haben in dieser Zeit den begrenzten Raum des Stromkastens vor dem Haus. Das ist unsere Welt im Arizona-Äther. Es ist seltsam, dass wir nie weggehen, dass wir immer vor dem Zweizimmer-Haus sitzen. Und es ist auch sehr lächerlich, denk ich mir so, lächerlich und ein wenig gemein. Wir lassen die Beine baumeln. Manchmal lehnt er seinen Kopf an meine Schulter, manchmal wickele ich eine seiner schwarzen Strähnen auf meinen Finger.

Es gibt einen Mann, ein Bohnenstangen-Männchen auf einem Stromkasten. Im Arizona-Äther. Er lehnt seinen vierzehnjährigen lockigen Kopf an meine Schulter, während sein Vater mit meiner Freundin hinter der Hauswand vögelt. Fast nie schaut er mich direkt an, sondern erzählt stockend. Er erzählt, dass ihm seine Mutter in Sao Paolo Comics geklaut und für Haschisch eingetauscht hat. Er hat sich entschieden, zu seinem Vater zu gehen. Der Vater ist nett, an Gelbsucht erkrankt, aber ihm macht das nichts aus, er fasst ihn prinzipiell nicht an. Er würde gerne Informatiker werden, fährt gerne Ski und nein, er will kein peinlicher Nerd sein, eher möchte er Astrologe werden. Er ist auch Skifahrer, hat er mir das schon erzählt? Ein Komet fällt! Dann errötet er heftig und kratzt an einem nichtexistenten Fleck auf seiner Jeans. Aus seinem Rucksack holt er ein Foto aus der Skischule und einen ungültigen brasilianischen Geldschein aus dem Jahr 1985. Der ist für mich, auch das Foto gibt er mir. Es gibt einen Mann, er ist im Stimmbruch, er ist vierzehn und ist im Alter, in dem er breitbeinig steht, wie soll ich es sagen; sein Schritt ist impulsiv, ein Bein hier, das andere dort, etwas drückt und reizt ihn, er fängt mit einer Hand die andere Hand. Und er ist in einem Alter, in dem man an nichtexisten-ten Flecken auf der Hose kratzt. In einem Alter, in dem Jungen beim Essen selten den Mund mit der Gabel treffen, falls sie beobachtet werden, in dem Akne mit fallenden Kometen um die Wette leuchtet, in dem sich Sterne in der Akne von Jungen mit Schnurrbärtchen widerspiegeln. Endlich kommen die beiden heraus. Ich möchte, aber schaffe es nicht, den Jungen zu küssen, der Blick auf sein Gesicht schmerzt mich. Ein Brief von meiner Freundin aus Sao Paolo kam heute an: *Do you still remember T.? Poor guy. Unhappy life. He is dead.* Ich mache die Schublade auf und suche das Foto. Es ist da. Ich sehe, wie T. Ski fährt, wie er auf den Skiern steht, wie er da drin ist, halb Kind, halb Mann, wie er nicht wackelt, wie er lächelt. Woher wissen wir eigentlich, dass das Leben nicht der Tod ist und der Tod nicht das Leben? Nicht viel, etwas. Für immer.

Es gibt einen Mann. Er liebt mich, er tyrannisiert mich, ich liebe ihn, ich quäle ihn. Die Feierlichkeit im Wiederholen. Und da gibt es einen Mann, geliebter Trottel, er hat mich eingekreist und ich ihn, es ist ein Mann. Wir überleben.

Es gibt einen Mann. Er wirft mir vor, dass ich zu viel liebe. „Liebe ich dich zu viel?", frage ich überrascht. „Nein, zu viel von *allen anderen*", herrscht er mich aus der Küche an, wo er gerade eine Möhre schneidet. „Du hättest aufräumen können, hättest mir eine Mohrrübe in der aufgeräumten Küche schneiden können, aber du", hebt er die Stimme, „stattdessen schreibst du irgendwas, weil du: andere du liebst zu viel!" Ich mag es, wie er die Wortfolge im letzten Satz verändert hat, es klingt herausfordernd.

„Du bist lieb", sag ich versöhnlich, wenn auch jetzt eher unpassend vermutlich. Er fuchtelt mit einem gewetzten Messer vor meinem Gesicht, greift an. Er war gerade laufen, ein Athlet, Sportler, ist mein Mann, Sportler, ich äffe ihn jetzt auch in seiner Wortfolge nach, so sehr beeinflusst er mich, so sehr l. ich ihn. „So sehr beeinflusst du mich", sage ich noch. Er setzt die Klinge an meinen Hals, sie funkelt ... „Und du hast eine so schöne, große Möhre", flüstere ich verängstigt. „Sag, ist es eine Möhre oder eine Aubergine, und was ist das hier, Bergkette Ararat?" Ich versuche, ihn für mich zu gewinnen, ich scherze, ich kitzele ihn, aber er lacht nicht, lacht überhaupt nicht, es ist ernst, er schneidet mich etwas in den Hals, es tut weh, aua. „Verstehst du nicht", fange ich schließlich über diesen Küchenhass reuevoll an zu heulen, „verstehst du denn nicht", fange ich mit echtem Bedauern zu weinen an, über all seinen

Küchenhass, „verstehst du nicht", röchele ich, „dass im ganzen Leben, immer und immer nur du? Das sage ich, das bezeuge ich dir, das schwöre ich, das bekenne ich, dafür schlage ich mich an die Brust, das lüge ich dir hier hilflos in der Küche vor den Töpfen vor. Und das alles nur, dass du überlebst, dass du lebst. Dass ich mit dir überlebe, und du mit mir … Du Trottel!", ruf ich noch mutig aus meinem Zimmer, aber vorher drehe ich den Schlüssel im Schloss. So. Jetzt ist wieder Ruhe. Ruhe ist eingekehrt. Er erreicht ein paar neue Level. Ich schreibe ein paar Briefe. Es gibt einen Mann, und er ist es, es gibt einen Mann, und er ist ein Mann. Na bravo! Die Erleichterung am Ende ist grenzenlos.

Es gibt einen Mann. Er liebt mich, ich liebe ihn; wenn wir zusammen im Schnellzug oder einer Regionalbahn fahren. *Woanders* gehen wir uns natürlich auch auf die Nerven. Und mit den Zügen dürfen wir es nicht übertreiben. Höchstens ein-, zweimal im Jahr. Und wir dürfen keine lange Fahrt auswählen, höchstens sechsundfünfzig Minuten lang. Wir reden über Filme, vor allem über Liebesfilme, über den Tod manchmal, je nach Laune und Wetter, manchmal richte ich mit meiner linken Hand seinen auf dem Kopf schon grauen Haarschopf auf, aufrichten, nicht küssen, manchmal bietet er mir mit der rechten Hand einen Pfannkuchen an, anbieten, aber nicht aufzwingen! Wir fahren durch Auenwälder, dort lieben wir uns, „Tiefebenen wie *größtenteils* in England", sagt er nachdenklich.

Einmal haben wir aus dem Fenster der Regionalbahn einen auf dem Feld fahrenden Traktor gesehen, wie eine Kutsche geschmückt oder wie ein Sarg. Ein kleiner Streit darüber, was wir eigentlich sehen. Im Sarg-Kutschen-Traktor sitzen zwei mährische Eingeborene, Neuvermählte, sie holpern mit zwanzig Stundenkilometern über das Feld, unser Zug überholt sie. Die Braut trägt ein weißes Kleid, eine voluminöse Figur mit Schleier, und der Mann hat einen Hut auf. Er ist also der Bräutigam, großer runder Kopf, Kohlkopf, er könnte ein Busfahrer sein, ja, vielleicht der berühmte R. Smetana aus Olomouc. Landbewohner, jedoch keine Idioten. Das Einzige, was wir nach einiger Zeit sicher wissen, ist, dass sie von ihrer Hochzeit kommen, zu der wir mit der *Sechsundfünfzig-Minuten*-Regionalbahn niemals ankommen werden. Deshalb wenigstens unsere gemeinsame Freude und Sorge über die zwei, über ihr gemeinsames, etwas exzentrisches Schicksal, wie wir nach einer Weile beschließen. Wir steigen aus. Wieder in einem Jahr? „Warte noch", traue ich mich, „noch etwas würde ich doch", die trockenen Lippen lecke ich leicht an, atme ein … „ah, nerv nicht." Winkt er ab und ist weg, als ob er Luft wäre. Was für eine Erleichterung, was für eine auf dem Bahnhof stehende Erleichterung, öffentliche Toiletten, keine Liebe. Er mag den Film *Lügen und Geheimnisse*, aber ich behaupte, dass der Film *Karriere Girls* noch schöner ist.

Es gibt einen Mann. Ich l. ihn, er l. mich. Wenn ich im Schlaf seinen Namen ausspreche, irre ich nie. Er ist einer und ist zweierlei. Es ist sehr einfach und es ist auch rätselhaft.

Es gibt einen Mann. Es ist mein Mann, so ein Trottel, ich liebe ihn kurzweilig. Ich frage, ob er nicht gerade Lust hat, mich am rechten Bein zu fassen und mich durch das Zimmer zu ziehen. „Damit ich dir die Arbeit erleichtere", sage ich bemüht, „ziehe ich meine Kleider nicht aus, dann rutscht es besser auf dem Parkett. Also willst du? Willst du?" „Ich will nicht", antwortet er leise, den Blick auf den Boden gerichtet. „Das macht nichts, also gut", sage ich und dränge ihn nicht weiter.

Es gibt einen Mann. Ich liebe ihn. Ich fahre zu ihm, um mit ihm zu leben. Er wartet auf mich mit dem Fahrrad auf einem Provinzbahnhof, steht da wie ein geborener Eingeborener, das linke Bein ans Rad gelehnt. Es ist Spätsommer. Ich steige aus dem Triebwagen aus und wir begrüßen uns förmlich, müde. Wir können schlecht atmen, wir sind nicht die Jüngsten, zusammen sind wir um die hundert, und draußen sind es über dreißig Grad im Schatten. Wir begrüßen uns mit einem Kuss, ich merke, dass wir säuerlich aus dem Mund stinken. Es ist ihm sicher auch unangenehm. Wenn er spricht, hält er für gewöhnlich seine Hand vor den Mund, weil er kein *Chewing Gum* bei sich trägt, wie es sonst üblich ist bei zum Beispiel jüngeren Jahrgängen. Jetzt hat er alles vergessen, während er sich ans Rad lehnt. „Warum hast du einen Kinderwagen mit?", fragt er zum Beispiel. „Haben wir etwa schon ein Kind zusammen?" „Das ist nichts", antworte ich, „sodamit fallsschon alsoschon so viel morgenmorgen dort …" „Aha", sagt er und ver- stummt. Dann gehen wir schweigend durchs Dorf. Er führt sein Rad, ich meinen Buggy, in ihm sitzt mein Gepäck. Es gibt einen Mann, und er ist ganz betrübt, wenn er sagt: „Bald wird es regnen, und außerdem sind die Dorfbewohner hier so arbeitsam." Und dann fährt er fort, dass es ihm leidtue, wie er sie mit seinem ewigen Rad und seinem Anblick stört, er hat es gemerkt und ist darüber traurig. „Na, dann bin ich jetzt für dich auch traurig", sage ich, um ihn zu unterstützen, ich liebe ihn doch.

Es gibt einen Mann. Ich liebe ihn. Ich fahre hin, um mit ihm zu leben und er zeigt mir unser Haus. „Endlich sind wir da", sagt er sanft. Und ich sehe, was ich sehe. Es ist ein Haus, eingerichtet von jemand anderem mit Zärtlichkeit, Sorgfalt und dem konsequenten Stumpfsinn von Ordnungsliebenden. Himbeeren im Garten zum Beispiel ganz hinten am Zaun, dafür Zypressen und Mittelmeersteine, die sich mitten auf dem städtisch gemähten Rasen ausbreiten, im Haus neues Laminat, das Badezimmer vulgär orange und im vorderen Zimmer, es ist mir peinlich, das zu sagen, schaut das Fenster auf eine Turnhalle, kein freundlicher Ausblick, eher bitterböse, ein Hohn gegenüber dem Rest des Häuschens, das so gerne ein Landhäuschen wäre. Alles ist so praktisch, bis es weh tut, Zentralheizung, in einer Ecke ein geschmackloser Elektro-Kaminofen, ein überwältigendes Akrobatenstück einer Behausung. Und was ist denn da im hinteren Zimmer? Dort ist ein kleines trauriges Fenster, das in den Garten schaut, wo wieder nur die Zypresse thront. Wir gehen vors Haus, die Köpfe gesenkt. Hier sollen wir leben? Wir nehmen Federballschläger in die Hände. Aber was ist denn das, unser Leben? Unser Leben ist Federball. Und Federball, der kann auch traurigere Fälle lösen, als wir es sind, zum Beispiel ein Programm für zum Tode Verurteilte in Gefängnissen, falls sie spielen dürfen. Ja. Wir spielen kurz und leicht, belanglose Erholung, spielen rum.

Doch es kommt ein nerviger Wind auf. Es nähert sich eine Kaltfront und wir wissen es. „Schau, lass uns zum Fluss, hier ist ein schöner Fluss, Tiefland, Flachland, Ackerfelder", rufen wir beide gleichzeitig. Was für eine Idee! Wir klatschen in die Hände. Und gehen zum Fluss. Er aber hat Angst, dass ich vom Rad falle, was würde er mit mir machen, hab ich überhaupt meine Kranken-versicherungskarte? Schon wieder seine Ängstlichkeit. Wir fahren, es regnet, ein richtiger Wolkenbruch, die Räder sind uns zu klein, wir sehen darauf lächerlich aus, wir schlenkern; unsere Körper ähneln sich zu sehr, ich muss zunehmen, fällt mir ein. Wir fahren durch Schlamm am anschwellenden Fluss entlang, und der Wind ist so stark, was auch immer wir sagen, es verliert sich im Wind. Ich hab auch schon Hunger. Schließlich fallen wir vielleicht doch in den Schlamm. Dreckig wer-den wir sein, dreckig, aber sonst nichts, hoffentlich verletzen wir uns nicht zu sehr. Und unser gemeinsamer Dreck löst das ganze heutige Problem, das ganze Le-ben, vielleicht die Leben aller Generationen vor und nach uns.

Es gibt einen Mann. Es ist immer noch DER Mann. Am Wasser essen wir in einer Kneipe, sie haben aber kein warmes Gericht, ich esse drei Stangen Margot-Schokoriegel, eine war auch für ihn, er schenkt sie mir, so aufmerksam ist er! Wir nehmen ein Bier, wir nehmen ein Gespräch mit dem Lotsen auf. Der Lotse betrachtet uns, wer sind wir, wen stellen wir dar, wir sind unlesbar. Verwandte, Vater mit Tochter, wer soll sich mit den Durchweichten auskennen? Also, er zum Beispiel heißt Láďa und ist Elektriker, im Sommer Lotse, ein guter Typ. Und wir in der Rolle der Ausflügler? Großartig. Keine Landbewohner, auch nicht aus der Stadt, nicht aus dem Dorf, weder aus dem Norden noch aus dem Süden, auch nicht aus dem Osten, und wie Schweizer Tennisspieler sehen wir auch nicht aus ... Also Ausflügler? Kollegen aus dem Kulturhaus? Ganz schön ausgekocht sind wir, aber darüber weiß der gute Láďa nichts, er würde sagen, dass ihm das wurscht ist. Dass wir in diesem Dorf leben, ist uns noch gar nicht anzusehen. Wir verschweigen es also, denn wir verheimlichen immer etwas. Unser Leben hier zum Beispiel, das hier fast zu Ende geht, das war und nicht mehr sein wird, obwohl es so traurig ist, denn wir lieben uns, wirklich, ich liebe ihn innig. Es ist Abend, wir müssen nach Hause, abgekühlt durch die feuchte Luft. Am Abend schalten wir das Radio an, zum Abendbrot Kartoffelpüree mit Knoblauch, es berührt mich, die Art, wie er die Kartoffeln zerdrückt – die sorgfältige, erhabene Art eines griechisch-orthodoxen Rituals. Radio. Endlich geben wir uns zufrieden, räumen unter dem gedämpften Licht der Lampe ab. Er zieht einen Trainingsanzug an und sieht aus wie ein ehemaliger Hardrock-Sänger auf Mission in der dritten Welt. Der älteste lebende tschechisch-amerikanische Philharmoniker der Welt segnet kurz im mitternächtlichen Radioprogramm auch unsere Liaison, erzählt breit über unsere Seelen. Und während der Philharmoniker redet, überschwemme ich aus Versehen das Bad. Wir wischen die Überschwemmung gemeinsam mit einem Lappen weg, das schmiedet uns noch mehr zusammen, und die mechanische Betätigung lullt uns gänzlich ein. Papa, Mama, gehen wir schlafen? Es schläft sich schön in unseren Bettchen, wir haben uns unendlich, gelangweilt schon gerne. Am Morgen während des Regens verlassen wir uns langsam, bedächtig. Vorher läuft die Lesung *Emil und die Detektive*, ich darf ihn nicht stören, also lese ich. Erst der Nachbar stört uns, ich verstecke mich unter der Decke, ich werde nicht tun, als sei ich eine Hausfrau, ich hab ja nichts gebacken, nein, habe ich nicht. „Hättest verdammt was sagen sollen, dann hätt' ich geklopft", sagt der Nachbar, während er sich frech umschaut. In einem unbewachten Moment kneift er mich in den Schenkel. Dann lacht der Bebrillte meinen Mann aus, der gerade den morgendlichen Zustand der Zypressen vom Laminat des Zimmers aus begutachtete. Unser Fest der Ehe dauert knapp achtzehn sommerliche Stunden. Dann geht sie ein wie Löwenzahn. Geht der Löwenzahn ein, bleibt im Deutschen die *Pusteblume.* Im Tschechischen aber existiert kein Wort für Pusteblume. Oder sagt man *zarte Leichen?* Er verlässt mich, ich verzeihe ihm, verlasse, suche, verzeihe ... Ich liebe meinen Nächsten.

Es gibt einen Mann, er lebt im Haus am Bahndamm, ich liebe ihn und ich weiß, dass er weiterhin allein leben muss, vielleicht muss er nicht, vielleicht lebt er gar nicht, auf alle Fälle darf er aber nicht mit mir leben, ich würde ihm nur lauter Unglück bringen. Vielleicht auch er mir, aber nicht so viel, schon eher würde ich ihm … Er lebt im Haus an den Schienen, das Dach des Hauses ist flach, ich hasse flache Dächer, und trotzdem ist es ein schönes Haus, mitten im Getreidefeld, und die Bahnlinie ist angenehm weit genug entfernt. Links eine Tiefebene, rechts Berge, der Garten ist von einem grünen Drahtzaun umgeben. Auch im Garten ist ein Getreidefeld, mittendrin ein Pfad, der direkt zur Haustür führt. So ein Leben habe ich ihm immer gewünscht, so ein nettes, luftiges, leichtes Leben. Endlich steht er aufgerichtet da, gebügelt, endlich angenehm alt, er ist so, wie er es sich sein ganzes Leben gewünscht hat zu sein, in seinem Garten scheint die Sonne und manchmal regnet es auch, je nach Laune, im Garten ein paar Stühle, ein Tisch, Saft, verstreute Bücher. Er hat auch eine Frau, irgendwelche Kinder. Sein Leben ist gerade, auch sein Getreide ist gerade, alles ist symmetrisch, er trinkt und raucht nicht, ruhig wie Buddha, er muss sich nicht fürchten, auch ich muss keine Angst um ihn haben, er fällt nicht, sein Kopf wird ihm nicht zerspringen, nicht einmal sein Herz wird ihm weh tun, er stirbt nicht. Ich kann ihn weiterhin ungestört aus der Ferne lieben. Lieben und flüchtig beobachten, falls ich gerade im Zug sitze, der durch seine Landschaft fährt; ich kann nach ihm Ausschau halten, mit beiden Armen winken und das, was ich fühlen werde, geht niemanden was an. Ich kann ihn verschonen. Er wird mich nicht quälen müssen.

Es gibt einen Mann und es ist Jesus. Ich habe ihn noch nie gesehen, und dabei ist er überall. Ich liebe ihn. Meine Liebe zu ihm ist konventionell, vorsichtig, ängstlich erotisch. Was er genau für mich empfindet, weiß ich nicht. Aber ich denke wohl doch, dass auch er manchmal in einer der sommerlichen Nächte, wenn er alleine ist und die Hitze nicht abnimmt, dass auch er …

Es gibt einen Mann, er lebt in unserem Haus, er heißt Harald Mylord und wir sind uns völlig gleichgültig, obschon er einen so schönen Namen hat, nach dem ich ihn eines Tages im Hausflur fragen werde. Meine kleine Tochter halte ich fest an der Hand, falls er sie wegen dieser Unverfrorenheit etwa beißen wollen würde. Er aber errötet scheu und sagt uns, dass es ein *vollkommen* gewöhnlicher deutscher Name sei. Und dann zieht er mit seiner Freundin unerwartet weg. Damit wir uns auch weiterhin völlig gleichgültig bleiben. Damit ich ihn nie wieder irgendetwas fragen werde. Damit wir gegenseitig spurlos aus unseren Leben verschwinden.

Es gibt einen Mann, und es ist mein Mann, und es ist kein Geheimnis, dass er Hygiene liebt. Es ist fast Morgen, ich bin schwanger, schon wieder sehr. Und ich muss mich dringend erleichtern, ich flehe ihn an, klopfe an die Badezimmertür, dahinter er, aber er öffnet nicht. „Du musst warten", ruft er mir zu. Ich habe Angst, dass ich es nicht aushalte, es wird wie letztes Mal, alles nass. Er würde denken, es sei jetzt sicher Absicht, das würde nur zu einer unsinnigen Welle von Entfremdung, Gleichgültigkeit, sogar Hass führen. Also schleiche ich in die Küche, noch habe ich keinen konkreten Plan, aber ja, ein Einmachglas, das wird gehen, ufufuuuf … Aber was jetzt, was, wenn er mich erwischt, wie ich hier mit einem vollen Einmachglas herumtanze? Was, wenn er denkt, dass ich heimlich, hinter seinem Rücken eine Urintherapie betreibe, wie wird er mich dann weiter lieben, mir vertrauen, und was für ein Papa wird dann aus ihm? Ich schleiche ins Schlafzimmer, öffne das Fenster. Die Straße ist leer, dunkel, Frost, Schnee und keine Fußgänger. Platsch. Den Inhalt des Glases schütte ich in die frostige Winternacht auf den Bürgersteig. Das Einmachglas schließe ich sorgfältig und lasse es vorsichtig unter das Bett kullern. „Du kannst!", ruft er und spült. „Es ist schon in Ordnung", antworte ich. „Na, das war ja viel Lärm um nichts", sagt er. „Verzeih mir." „Ist gut." „Verzeih mir, wirklich." „Entschuldige dich nicht ständig!" Am frostigen Morgen führe ich meine Tochter in die Schule. „Mama", freut sich meine Tochter, „schau mal, wie schön gelb diese Rutschbahn ist!" Sie rutscht und fällt hin. Ich hebe sie hoch und wir lachen. Das Leben ist manchmal so.

Es gibt einen Mann. Ich liebe ihn beharrlich wie eine
Raupe. Er flieht eher vor mir, und ich nehme ihm das
in keiner Weise übel. Er flieht, ich verfolge ihn, und
falls er mich jagt, fliehe ich. Er aber, das muss ich zu-
geben, jagt mich eigentlich gar nicht mehr. Er flieht nur,
wenn er muss. Ich nehme es ihm nicht übel. Er liebt
mich ästhetisch, es ist die Liebe eines asketischen
Athleten, der auf die Zielgerade zuläuft, da irgendwo
in den Norden, immer in den Norden, läuft und läuft,
um nicht sehen zu müssen, wie sehr ich ihn an mich
halten möchte, denn ich möchte nicht, möchte nicht,
dass er zu schnell durchläuft. Dass er verschwindet.
Denn hinter dem Ziel, dort ist nichts mehr. Nicht einmal Rentiere. Nur Kälte, Dunkelheit und Kälte.

Es gibt einen Mann. Er liebt mich beharrlich wie ein Biber. Lieben Biber beharrlich? Ich glaube, ja. Wie könnten sie sonst so viele Stöcke abnagen? Er jagt mich, ich fliehe. Ich nehme es ihm nicht übel. „Flieh, meine Unerreichbare", ruft er mir kindisch zu. Ich fliehe, er verfolgt mich, ich drehe mich mitleidig um, und er verschwindet für einen Moment. Sehe ich jedoch in der Ferne seinen Überbiss, kehre ich wieder aufgeregt zurück auf meine Strecke. „Pfui Biber, pfui Teufel, du nerviger Biber", spucke ich angeekelt aus und renne weiter.

Es gibt einen Mann und es ist mein Mann und wir laufen beide bis zu dieser Bahnbrücke, und dort irgendwo in der Mitte treffen wir uns für einen Augenblick und halten an, dort lieben wir uns, dort atmen wir ein und sind wieder eine Weile zusammen, so richtig zusammen, wie der Fischer mit der Fischersfrau, ein Körper, ein Atem. Und dann laufen wir wieder schnell auseinander. Ich auf das eine, er an das andere Ufer der Spree, wir vier Boxhandschuhe.

Aha, also alles ist anders. Esterházys Tochter hat angeblich keinen Sohn, sondern ein Töchterchen.

Ich liebe ihn, hasse ihn. Es ist ein Mann. Er nennt sich Macho. Er behauptet, ich könne nicht, ich könne einfach nicht mit rotem Bärtchen und im rosa Negligé schreiben. Er liebt und hasst mich. Des Weiteren liebt er seine ganze Familie, sein Auto, das Familienauto, Familiengold, den gesamten Familienbesitz, könnte man sagen, ein paar Gelegenheitsaktien, seine Arbeit im abscheulichen Kollektiv, in dem er glänzt, Frauen und Männer, die ihn lieben, die Rechten, die Einsamkeit, heimlich auch Poesie und die Linken. Und Katzengold an seinem dicken Hals mit Kropf.

Es gibt einen Jungen, ich würde ihn gerne lieben, aber es gibt ihn nicht. Also möchte ich er werden, ich würde ihn gerne lieben. Berlin-Prag-Eurocity, dann Schnellzug nach Veselí nad Lužnicí und dann weiter mit einem Bummelzug. Da denke ich darüber nach, wie schön es wäre, als Junge geboren zu sein. Sicher wäre ich ein schöner Junge, ich überlege es mir bis ins Detail, welchen Gang ich wählen würde und ob ich diese dicken Ketten aus Katzengold tragen würde (wahrscheinlich, wenn ich einen kleinen Pimmel hätte), oder wäre ich eher ein Protestant und würde als solcher in einer durchschnittlichen Band Gitarre spielen und unter der evangelischen Jugend fischen; gut möglich, dass ich ein Straßenbahnfahrer ohne Ambitionen wäre, aber am allerliebsten wäre ich so ein manipulativer Typ, vielleicht ein junger Vorsitzender einer progressiven Partei. Dann hinter Planá nad Lužnicí bedaure ich unerwartet schlagartig meine Verwandlung, ich fühle mich nicht gut, im Abteil ist es stickig, ich schwitze, und zuletzt stelle ich mir kurz vor der Station Počátky-Žirovnice vor, dass ich in meinem Alter kein Junge mehr wäre, eher ein Mann mit Glatze und Problemen des mittleren Alters, also überdenke ich das Ganze und verwerfe es. Tschüss, Junge, tschüss; ein anderes Mal, später.

Es gibt einen Mann und es ist ein junger Ungar aus Pest. Ein ungarischer Tänzer. Den Februar über treffen wir immer wieder in der Krossener Straße, der Seumestraße und manchmal auch in der Gärtnerstraße aufeinander, dort aber tun wir so, als ob wir uns nicht sehen, es ist nicht auf unserem Territorium. Meistens jedoch treffen wir in unserem Hausflur aufeinander. Und wenn wir dort aufeinandertreffen, stoßen wir ineinander. Egal, wie wir uns aus dem Weg gehen, immer stoßen wir ineinander. Der Flur ist eng, wir stoßen einander; nicht heftig, aber dennoch. Es ist auch seltsam. Verschiedene Verrenkungen, atavistisch, Hand ins Auge, ein Ellenbogen ins Trommelfell, Lippen ans Knie. Habsburgmonarchistisch lehnen wir aneinander, dann entschuldigen wir uns gegenseitig, erklären, verteidigen uns. Jedes Mal bin ich nahe dran zu fragen, wie es möglich ist, wie es um Gottes willen möglich ist, so ineinander zu stoßen. Er ist doch Tänzer und kein Plumpsack; und ich bin ja hoffentlich noch nicht so wackelig. Aber jedes Mal, wenn ich Luft hole, sagt er: „Muss leider schon, mein Geliebter wartet auf mich!"

„Ja", antworte ich. Wir schaffen es, eine korrekte nachbarschaftliche Beziehung aufrechtzuerhalten. Der Flur kehrt in seine ursprüngliche Dimension zurück. Und so ist es auch gut.

Es gibt einen Mann im Kostümverleih des Berliner Theaters. Er ist Italiener. Er ist eine Frau. Eine Frau, die mich liebt und vielleicht nicht liebt, aber sie schaut mich nach der Opernpremiere *Carmen* an wie ein Mann, der mich liebt. Ich habe sie schon im Zuschauerraum bemerkt, sie hat mir nachspioniert. Sie kommt mit Austern an meinen Tisch, spricht mit einer Bassstimme. „Ein rotes Kleid würde dir gut stehen." Ich trinke Wein und sie Whiskey. Wo ist denn gerade meine Freundin, Tänzerin J.? „Ich mess dich mal ab", sagt sie. „Ich muss dich ganz abmessen." Ja, sie ist Künstlerin, näht Kostüme, auch für dieses postmoderne Stück hat sie was entworfen, auch genäht, ja … Ich schließe die Augen, sie hat tatsächlich eine Bassstimme, die tiefe italienische Bassstimme eines römischen Marktsängers. Sie ist vulgär und zärtlich, auch sie selbst ist vulgär und zärtlich in ihrem schwarzen harten Leder. Sie misst mich, erst aus der Distanz, dann berührt sie mich leicht, Hals, Taille, Schultern, Brust, Hüfte, Knie.

„So hat mich immer meine Mama gemessen, wenn sie was für mich genäht hat", piepse ich, trinke Wein, sie selbst bringt ihn mir, aber Kinder sollen keinen Wein trinken, möchte ich am liebsten protestieren. „Soso, Mama", grinst sie belustigt, „soso, Mama, he!" Die Stimme beruhigt mich, ich kenne die Stimme von irgendwoher, aus einer uralten Zeit. Sie sagt: „Jetzt beweg dich mal nicht, ich habe drei Stecknadeln in der

Hand, das würde sehr weh tun, und Ausstich – möchtest du auch *Ausstich*?" *Ausstich*? Ich erschrecke, ich bin auf so was nicht vorbereitet. Im Hintergrund treten drei russische Kosaken auf, Opernsänger, und gehen direkt zu dem Tisch mit eingelegter Mango. Ich verstehe das Wort *Ausstich* nicht, ich bin Ausländerin, und warum, in welchem Zusammenhang wird dieses Wort benutzt? Ich will nach Hause, nach Hause. Aha, *Ausschnitt* meinte sie. „Dreh dich um", sagt sie, und ich drehe mich brav um. Immer noch misst sie mich, nanu, jetzt betatscht sie mich schamlos, nanu, was, du, du du!!! Die Kosaken lachen laut über irgendetwas. Sie betatscht mich weiter, oh oh, osch, Achtung, kitzelt … „Wir gehen zu mir ins Atelier, *right now*", befiehlt sie, „ich würde gerne meine Arbeit beenden." Sie möchte also jetzt ihre Arbeit beenden. Aha. Nun denkt sie also an ihre Arbeit … Plötzlich sehe ich uns mit den Augen meiner Freundin J., die an einem länglichen Tisch mit Kaviar und Mango steht, ich bin die Freundin J. und beobachte uns. Ich bin ihr Körper, habe ihre Augen und mustere uns, und es ist pikant, ja sehr pikant, wenn auch, ja, im Berliner Theater ist alles möglich, es ist nichts, seien wir nicht wie konservative Mamis, benehmen wir uns doch nicht wie Polinnen vor dem Bischof, das ist lächerlich, denke ich mit den Augen meiner Freundin J., wirklich sehr lächerlich. Lächerlich war es nicht, nur seltsam, sagt mir meine Freundin J., als wir mit unseren Fahrrädern durch die Nacht nach Hause radeln.

Ja, es war eine gute Idee, deine und Esterházys, von meinem Küchenfenster aus könnte ich seiner Tochter zuwinken, sie sitzt an ihrem Küchenfenster und isst eine Kleinigkeit, dort, im ersten Stock. Dafür werde ich nie aufhören dich zu l... Wenn die Texte sechsundsechzig an der Zahl sein werden – denn das ist so eine nette und ein wenig diabolische Zahl –, dann bin ich fertig. Aber was, wenn ich die Aufgabe nicht erfülle? Woher immer neue männliche Stücke nehmen?

Es gibt einen Mann. Er ist so hässlich wie die Nacht. Also, wisst ihr was, ich werde nicht über ihn schreiben. Ich erwische mich immer wieder bei einer gewissen Ästhetophobie.

Nein, ich werde nicht, seien Sie mir nicht böse. Er ist lieb und dank seiner Physiognomie leider auch heimtückisch, lassen wir ihn lieber sein.

Es gibt einen anderen Mann. Einen Mann im Arbeitsamt.
Also gut, über ihn schreibe ich auch nicht.

Es gibt einen Mann. Er ist mir nicht gleichgültig, wenn ich über eine der Berliner Brücken schreite. Ich bin ihm nicht gleichgültig, wenn er über eine Kurortpromenade in der Österreichisch-Ungarischen Monarchie schreitet. Wenn wir mit dem Handy verbunden sind, Blasen über dem Kopf mit comichaften Sätzen darin. Unsere Sprachen sind transzendental, tragischländisch, zwischenweltlich, wir passieren Passanten auf Brücken und Promenaden, grüßen sie lächelnd, gehen lächelnd an ihnen vorbei, lächelnd geht jeder von uns alleine, aus dem Weg gehen wir uns, zwei Luftblasen mit Handy, voll gnadenvoller Vereinsamung.

Es gibt einen Mann, er sagt morgens in der Küche, ich solle sofort das Waschbecken auswischen, in das ich gerade reingerotzt habe. „Sonst was?", frage ich, schiebe mein Kinn kämpferisch nach vorne, „sonst liebst du mich nicht mehr?" Er sagt: „Ich liebe dich, und ich springe auf dich meinetwegen, aber du musst jetzt sofort dieses beschissene Waschbecken ausspülen." Also gut, aber das ist das letzte Mal, denn Liebe ist doch etwas Höheres als so eine gottlose sexistische Erpressung mit dem banalen Haushalt; Liebe, grüble ich leise mit dem Schwamm in der Hand über dem Waschbecken Liebe *hat Wehmut, wenn man etwas Schlechtes macht (wenn man zum Beispiel ein Waschbecken auswischen muss, um geliebt zu werden), sich aber freut, wenn Menschen nach der Wahrheit leben (das ist beklemmend, aber was ist es eigentlich? Ist dieses Buch wahr, Wahrheit ist doch eine leere Form, nur eine Uniform). Die Liebe entschuldigt alles, glaubt alles, verzweifelt über nichts, hält alles aus (das zu lesen ist eine Freude).* Ich gehe, um diese korinthisch biblische Erkenntnis dem Mann kundzutun. Er muss sich doch kultivieren, er muss es durchleben so wie ich. Ich kehre mit dem Schwamm in der Hand zurück, atme ein. „Hast du es ausgewischt?" „Hab ich." „Gut. Und jetzt mach dich vom Acker, die Arbeit ruft." Ich fasse ihn flüchtig am Pimmel an. „Ich klage dich an, und du wirst brummen", sagt der General. Aber das Waschbecken glänzt vor Sauberkeit. Und er ist, glaube ich, froh.

Es gibt einen Mann. Wir sind uns gleichgültig. Vielleicht sind wir uns nicht ganz gleichgültig, vielleicht sind wir uns sogar etwas zugeneigt, auch wenn wir uns nicht verstehen, wir verstehen uns überhaupt nicht, mit den Worten verfehlen wir uns. Wir sind uns zugeneigt, weil wir auf einer schiefen Ebene stehen, wie auch dieses Vorstadthotel auf einer schiefen Ebene gebaut ist, und kaum haben wir ein wenig Alkohol getrunken, ist auch das Hotel uns zugeneigt, die Sommerzeit ist uns zugetan, Überarbeitung, Müdigkeit unserer Gehirne, Hotelhitze und Schweiß. Alles um uns schwankt durch leichte seismografische Erschütterungen und wirft uns eng zusammen, bewirkt eine gegenseitige Zuneigung, Vertrauen und Achtung, die allerdings nur zu einer hausbackenen Vorstellung vom gemeinsamen Sex führt. Wir gehen eine nächtliche Straße entlang. Auch sie ist uns zugeneigt, die Straße, in der gleich eine Metzgerei für Malocher aufmacht. Wir gehen in eine hässliche Nachtbar, mit noch einem anderen Mann. Auch ihm neige ich mich zu, er ist jedoch ein solider Mensch, stabil, ich neige hin und her zwischen beiden Männern, nach links und rechts, obwohl ich geradeaus gehen möchte. Ich kenne sie doch kaum. In der Nachtbar singen wir Karaoke. Ich würde am liebsten was von Karel Gott singen, aber gut, soll es nach ihnen gehen. Dann entdecken beide in einer Ecke der Nachtbar einen Bildschirm mit einem billigen Porno. Ihre Stimmen überschlagen sich, sie krümmen sich, als ob sie sich entleeren müssten. Und was bin ich in diesem Moment? Die Zigarette hinterm Ohr des Barmanns? Manchmal rufe ich auch etwas, aber es bin nicht ich, die ruft, es ist mein Mund, in den ihre Münder eingestiegen sind. Ich sage: „Ich bin einer von euch. Freut euch das?" Und dabei ist mir ihr freudiges Spionieren fremden Elends fremd, blöde Gockel, Dumpfbacken. Wir kugeln aus der Nachtbar auf die Straße. Jetzt fahren sogar die Autos schräg. Der Solide geht schlafen, der andere, der mir jetzt wieder gleichgültig ist, neigt sich mehr und mehr in meine Richtung, neigt sich schlagartig und unerwartet, vor uns die müde Fontäne des müden Städtchens. Rasant drückt er meine rechte Pohälfte, die am Metallgeländer lehnt. Er hält seine von der Nachtbar verschwitzte Hand an meinen Po und schwafelt. Also zum Beispiel: „Ist in dem Lack vom Geländer tatsächlich Gift?", fragt er zusammenhanglos. Die Autos fahren im frühen Nieselregen immer langsamer, alles bewegt sich neblig, wie im Aquarium. Wir sind uns immer noch zugeneigt, möglicherweise heftig zugeneigt. Und so sehr, so sehr gleichgültig.

Es gibt einen Mann im Arbeitsamt. Und es ist gut, dass er dort ist. Er arbeitet dort. Im Übrigen muss ihn nichts anderes bedrücken. So ist es nun mal um diejenigen bestellt, die in der Staatsverwaltung arbeiten. Er muss sich zum Beispiel nicht grämen, dass er gerne im Arbeitsamt arbeiten würde. Ich würde ihm nur ungern unrecht tun. Aber er ist schrecklich. Er zwingt meinen Mann, Anträge auszufüllen, die er nicht versteht, er zwingt uns beide, an den Anträgen zu arbeiten, im Ausland, er zwingt uns, dort, wo wir nicht zu Hause sind, niedergeschlagen zu sein. Er selbst sieht aus, wie jemand, der nie in seinem Leben Niedergeschlagenheit erlebt hat, wie jemand, der immer nur zu Hause war, denn die Behörde ist ihm ein Zuhause. „Ich würde gerne auf dem Land leben und zwölf Kinder haben", sage ich zu meinem Mann, als wir die Behörde verlassen und langsam Hand in Hand entlang eines Flusskanals durch Berlin spazieren. Mein Mann lächelt sanft: „Und schau mal, ist da nicht sogar unter der Brücke ein Biber?"

Es gibt einen Mann. Er macht alles hopplahopp. Er zieht sich hopplahopp an, hopplahopp wirft er Essen in sich hinein, vielleicht schluckt er nicht einmal, als wäre er in Eile, aber er eilt nicht, er lebt von nichts, er ist nichts, er macht nichts, er ernährt sich nicht richtig, nur hopplahopp, nur Süßes, und das in seinem Alter, kleckert das Essen hopplahopp auf seine hellen Leinenhemden und entfernt die Flecken nicht, er ist zum Weinen lachhaft, dreckige Fingernägel, spricht hopplahopp, also versteht man ihn manchmal kaum, die Ziege melkt er hopplahopp, die Hühner lässt er sich klauen, weil der Zaun, den er für das Federvieh gebaut hat, nur so hopplahopp steht. Er liebt alles halb, seine Familie, Frau und Kinder; auch sich selbst liebt er nur halb, seine wahren Tage und Nächte versteckt er sorgfältig unter einer hopplahopp zerknitterten Decke, als ob er denken würde, glauben würde, hoffen würde, dass es nur eine Prüfung sei und danach finge noch ein anderes, ein wirkliches, verantwortungsbewusst geführtes, achtsam geführtes Leben an. Ich liebe ihn und hasse ihn, ich will mich nie in seinen kaputten Leinenhemden erblicken, ich kneife heftig meine Augen zusammen gegenüber seinen Leinenhemden und sehe dann in den Löchern der Leinenhemden Teile meiner selbst, aber nur so, hopplahopp zerrissen, Teile meines Körpers, der hofft, dass nicht ich …, dass nicht ich …, dass es mich nicht betrifft, auch wenn ich seine Schwester bin.

Es gibt einen Mann. Es ist Jesus und es ist nicht Jesus. Er ist Schauspieler am Theater, einer der vorgibt, Jesus zu sein. Er spielt Jesus am Karfreitag in der Stadt B., während es schneit. Er hat den elastischen Körper eines asketischen Athleten und einen nicht besonders guten schauspielerischen Ausdruck. Am linken Handgelenk ein schwaches Tattoo, das weiße Gewand aus einem Bettlaken, darunter eine Unterhose, sympathische Schlichtheit, scheinbar aus *OP Prostějov Profashion*. Am Montag wird er vermutlich zum traditionellen Oster-peitschen losgehen und peitscht dann die Schauspielerin aus, die während der Passion Maria Magdalena spielt, und er wird wohl auch Maria einen Klaps im Austausch für ein Osterei geben. Manchmal verwechselt er die Wörter beim Monolog, dem Dialekt und den heftigen Gesten nach, kommt er aus dem Norden Mährens. Er spielt wie im Schlaf, fällt mir ein, als sei er noch jemand anderes als Schauspieler und Jesus. Aber vielleicht wäre der heutige Jesus genau so: etwas fake, ein wenig Hipster, ein Barmann mit schauspielerischer Neigung. Dennoch fühle ich mich nach fünf Minuten betrogen. Und als mich der Schauspieler fragt: „Glaubst du etwa nicht, dass ich wahrhaftig Jesus bin?", antworte ich, dass er Schauspieler sei, der sich als Jesus ausgibt. „Du glaubst nicht an Jesus", interpretiert er vulgär, und ich höre endlich auf, mich aus der ersten Reihe auf die physische Nähe seiner Unterhose zu konzentrieren. Jetzt hat er einen deutlich missmutigen Ausdruck in seinem knabenhaft schönen Gesicht. Dieser Dialog hat keinen Sinn, denken wir beide unmittelbar darauf und wenden uns für die nächsten siebzig Minuten voneinander ab. Anderen Zuschauern wäscht er die Füße, andere Zuschauerinnen spricht er an und erfreut sich an ihrer Schüchternheit. Auch ich bin voller Verlegenheit, das wollte ich doch nicht, so einen Konflikt, ich wollte dir nichts zuleide tun, Schauspieler. Ich schwöre mir, falls er mich noch einmal fragt, werde ich taktvoll schweigen. Aber er fragt mich nicht, bis zum Schluss der Passion spricht er mich nicht an. Beim letzten Abendmahl wird er mich mit keinem Blick würdigen, er ist also nicht nur ein Schauspieler, der vorgibt, Jesus zu sein, sondern auch Jesus, dem mindestens ein menschliches Wesen im Zuschauerraum gleichgültig ist. Darüber hinaus ist er ein strafender Jesus, und mir fällt traurig ein, dass, falls das hier der *wahre* Jesus sieht, er zu mir stehen muss, und wenn *dieser* Jesus hier am Ende der avantgardistischen Passion schreit wie eine histrionische Kurtisane: „Herr, warum hast du mich verlassen?", kann ich mir erlauben, diese Frage ebenso an ihn gerichtet im Stillen auszurufen. Und plötzlich fühle ich wie im Taumel, dass ich endlich in diesem Moment mit ihm eins bin. Eins mit seiner Verzweiflung, Teufel auch, gespielt oder nicht, weiß Gott, ob gespielt oder nicht, und eins mit der Trostlosigkeit des Theaters. An diesem Karfreitag, der früher einmal ein großer Tag war.

Es gibt eine Sprache. Es ist Slowakisch. Ich liebe sie. Wann immer ich einen tiefen, emotionalen Enthusiasmus durchlebe, gehe ich unbewusst in diese Sprache über, die ich in Wirklichkeit nicht beherrsche und sie daher so sehr verhunze. Und je mehr ich sie verhunze, desto emotionaler bin ich, man könnte sogar meinen, desto hysterischer bin ich, und deswegen darf ich sie nicht so oft benutzen, die geliebte Sprache, ich verbiete mir, sie zu benutzen. Ich darf einfach nicht so oft in so große emotionale Anspannungen und Belastungen geraten, denke ich, ich muss dem weiterhin vorausschauend aus dem Weg gehen, solchen lächerlichen … lächerlichen Situationen, die das ruhige Leben verhunzen.

Es gibt einen Mann und er ist antik, auch sehr slowakisch. Er liebt mich, ich hasse ihn, er liebt mich zu sehr. Ich muss ihn verlassen, denn er liebt schon meine ganze Familie: Mama, Papa, Bruder und Großeltern. Jetzt lieben ihn sogar schon meine Verwandten, und ich immer noch nicht, ich mag ihn nicht, den Depp. Ich erwarte, dass er mir eine Kopfnuss verpasst, wenn ich ihm das sage, wenn ich ihn verlasse, diesen lieben Knaben aus der Hauptstadt. Aber er weint, er weint *slowakisch*. Seitdem kann ich kein slowakisches männliches Weinen ertragen. Ich renne aus der großen Wohnung und fliehe in eine noch größere katholische Kirche, schließlich bin ich in der Slowakei. Und dort, in der katholischen Kirche der verweinten Hauptstadt, tritt mir ein Mann mit blutunterlaufenen Augen entgegen, ein Roma aus Košice. „Warum weinst du, Mädchen, wegen dem Gangster Mečiar?"

Nachdem wir beide darüber von Herzen gelacht haben, ertönt über uns die Orgel: Bachs siebte Suite. Und er fragt mich, ob ich nicht ein paar Zerquetschte in meiner Hosentasche hätte.

Es gibt einen Mann, und es ist mein alter Eumel. Ich liebe ihn, er liebt mich. Auf Techno klingt das so: *elihnellichelihnellichelihn* … Wir liegen und entspannen. Ich wünsche mir, dass er mir nach Jahren gemeinsamen Zusammenlebens endlich meinen Wunsch erfüllt. Ich sag zu ihm: „Fass bitte mein rechtes Bein, das rechte, wie oft habe ich gesagt rechts, soll ich es dir aufmalen? Und jetzt los, bitte. Zieh mich am Boden entlang, schleif mich am Boden entlang, aber vorsichtig, damit es nicht weh tut." Er willigt ein. Er ist lieb. Er fasst mein Bein. Verwechselt es aber. Er hält mich versehentlich an der linken Ferse, ich wollte die rechte, na gut, ich werde es nicht verkomplizieren. Also los, los jetzt, zieh mich. Wir fahren, ich rutsche auf dem Parkett im Schlafzimmer wie ein russischer Schlitten, ich bin reglos und glücklich, aber dass das Bein das andere ist, daran muss ich die ganze Zeit denken. An der Schlafzimmertür stößt mein Körper dann an. Er bleibt an der Türschwelle hängen. „Wir kommen nicht durch, Stufe", meldet mein Mann erleichtert. „Aussteigen – Endstation", ruft er, erfrischt von der Panne. Ach, was nun tun? Jetzt stupst mich mein Eumel leicht an und fängt an zu lachen, wie ein *Chlapčuljatko*-Jüngelchen, aber auch wie ein Arsch, lacht fröhlich kindlich, sorglos, als sei er nach einer Nachtschicht aus dem Bergwerk aufgefahren. Was jetzt, rufe ich zum letzten Mal aus und gerate in Panik, jetzt ist alles verloren, das Konzept der Leidenschaft zerstört.

Wir sammeln Klamotten auf, ich probiere einen Handstand, ich jongliere mit Orangen, damit noch ein Rest vom Feiertag bleibt. Sich waschen, anziehen. Eigene Wege gehen.

Es gibt einen Mann. Ich liebe seine abgedrehten Briefe, je abgedrehter einer seiner Briefe ist, desto lieber ist mir der Mann. Und das ist deshalb, weil diese Texte so sehr abgedreht sind. Wenn ich ihm das aber sage, diesem Mann, dann schüttelt er ungläubig seinen Kopf, das hat er nicht erwartet, so ein Betrug, er ist zutiefst enttäuscht von mir und dann sogar böse, sagt mir, er kann einfach nicht mehr weiter eine so abartige, abnormale Frau lieben, die nur seine angebliche Abgedrehtheit liebt.

Es gibt einen Mann. Ich liebe ihn. Er ist ein Katholik,
er ist ein katholischer Priester, er hat einen seltsamen
tierischen Namen, und wann immer er mir erlaubt, ihm
eine Frage zu stellen, frage ich ihn nach Gott und werde
rot wie ein Truthahn. Nur seinetwegen möchte ich mit
vierzehn Jahren im Kirchenchor die Orgel spielen, nur
seinetwegen bin ich auf eine junge Nonne aus unserer
Gebetsgruppe eifersüchtig, denn ich bin Jungfrau und
doch keine Braut Jesu. Sie hat mich von Weihnachten
bis Ostern im Griff, diese tragische Liebe zum Nächsten.
Dann, während der Ostermesse falle ich in Ohnmacht
und später ändere ich mein Verhältnis, meine Einstel-
lung und sogar die Konfession.

Es gibt einen Mann, er geht in einen Berliner Kindergarten, und so ist es also ein kleiner Mann, der Junge M. Bis vor kurzem dachte ich, dass er eine gewisse Zuneigung für mich hegt. Rothaarig, Sommersprossen, ein zierliches Figürchen, Papa Russe, Mama Russin. Und nun etwas Neues vom Jungen M. Ich hole meine Tochter ab aus dem Kindergarten, er schaut mich an, dieser kleine Junge M., schaut, zeigt auf mich mit dem Finger. Ich lächele ihn an und er kreischt mit einer Fistelstimme: „Ich hasse diese Frau, ich hasse dich, ich hasse dich, jojoooooj." Er lacht, hüpft auf einem Trampolin und ruft immer und immer wieder diesen perfekten, furchtbaren und sicher auch starken Satz.

Es gibt einen Mann. Und es ist ein etwas komischer Mann. Er bringt täglich sein Töchterchen in einen Berliner Kindergarten und er redet und redet. Ich liebe seine Sprache, besonders, wenn ich aufhöre, sie zu verstehen. Er fragt mich, ob ich Slowakisch kann und Ukrainisch verstehe, er wundert sich, dass Husák (wie konnte so ein Wort bei ihm hängen bleiben?) schon gestorben ist, er gibt mit seinem Yachtführerschein an, in seinen Augen rotieren wilde Kreise voller Bangen. Er spricht und die anderen Eltern fliehen, aber mir gefällt er, ich halte durch, höre zu. Auch wenn es in der Garderobe heiß ist, wir haben Schals um und Mäntel an. Ich würde ihn auf ein Schaukelpferd setzen, aber woher so ein Schaukelpferd in der Garderobe nehmen? Dann faucht er durch die Lücke zwischen den vorderen Zähnen, der Massenmörder Adam Lanza aus New York sei ein Agent der CIA. Nach einer Woche würde ich dir mit einem Fleischklopfer eine verpassen, sage ich mir. Dann tut er mir wieder leid. Ich reiche ihm seinen Handschuh vom Boden und beschwichtige ihn: „Warum denkst du, dass Angela Merkel eine Lesbe ist? Warum tut dir leid, dass die Spree zugefroren ist, wenn sie gar nicht zugefroren ist? Ich weiß. Der Mensch hat nicht einen Moment Ruhe, ich weiß, ich weiß, es ist auch beschissen, manchmal, unser Leben. Also bis morgen, morgen wieder hier?" Und er lächelt, nimmt endlich seinen Handschuh und läuft mit rasanten

Bewegungen aus der Garderobe. „Bis morgen, ich freue mich so sehr!", ruft er emphatisch aus dem Flur. „Ja", sage ich. „Bis morgen. Morgen wieder in der Kitagarderobe."

Es gibt einen Mann. Ich l. ihn und ich l. ihn nicht. Er füttert unsere dreijährige Tochter mit Gulasch wie eine Gans, ich sage zu ihm: „Du fütterst sie wie eine Gans, sie wird doch alles wieder auskotzen."

„Sei still, du machst dir wieder mal die Hände mit nichts schmutzig, wie?!", greift er mich an. „Mit nichts?" Ich rege mich auf. „Mit nichts?" Ich schau ihm pikiert auf die Stelle, wo er unter der Kleidung dieses Ding versteckt, also geht es um eine eher abstrakte versteckte Stelle, auf die ich starr blicke, um die Lokalität dieser Stelle geht es, um die Lokalität unseres zeitweiligen Interesses, unseres gemeinsamen Bemühens, um unseren gemeinsamen Zirkel, Grund für himmlische Freuden, Grund für die Existenz unserer Kinder, zeitweilige Erpressung der Gefühle, Wonne, Vorwürfe, erhörte Gebete, Befriedigung, Verderben, Gefühl von Kühnheit, Lächerlichkeit, später verschiedener Krankheiten, zum Beispiel der Prostata. Gerne würde ich ihm in die Augen schauen. Aber seine Augen sind oft so ironisch. Sei ein Zymbal-Spieler, möchte ich rufen, nein, sei ein brutal femininer Boxer, weine dich an meiner Schulter aus, tätowier dich, betrink dich, sinke in mich ein, havariere, lache, weine gleichzeitig. „Das ist was anderes", belehrt er mich wieder sanft. „Das ist ein Dienst für die Heimat. Denn auch ich diene deiner Heimat", er hebt seine Augenbrauen, beobachtet mich, beobachtet mich unverwandt und sieht dann wieder so ruhig, zufrieden, sanft aus. Kleiner Soldat, kleiner Zymbal-Spieler auf einmal, misst mich frech. Zufrieden mit sich selbst lächelt er. Auch die Kinder lächeln heute. Heute also kein Kampf. Heute nicht. Es ist Samstag, wir sind nicht die jüngsten. Ruhe. So haben wir es gern, tiefe, fast schon gelangweilte Ruhe. Das ganze Leben soll so sein, so lang, ruhig bis langweilig, nur leicht fröhlich, keine Entladungen, keine Manien, keine Extreme, nur ein wenig traurig soll es sein, unser bürgerliches und etwas ländliches Leben.

Es gibt einen Mann, und wenn es nicht anders geht, dann liebhasse ich ihn auch mit schwerer *Hassliebigkeit.*

Es gibt einen Mann, einen Invaliden, auf einer verlassenen Verkehrsinsel inmitten dunkler Gassen des nächtlichen Alt-Moabit. Ich kehre zurück von einer ungarischen Physikerin, die auch Schamanin ist. Sie hat mir unerwarteterweise Chakren geöffnet, Chakren laufen durch meinen Körper, Chakren fließen durch meine Adern. Alles ist lustig, unwahrscheinlich, diese Nacht, diese Handlung, ich irre herum, mein Kopf geht mir von allem um. Und dann sehe ich einen Mann. Er sitzt im Rollstuhl. Er wird mir nichts tun, denke ich vernünftig und frage ihn nach dem Weg. Er sagt, er wisse den Weg aus dem Labyrinth der dunklen Winkel. Natürlich weiß er, wie man zum Bahnhof kommt, aber ich solle ihn gefälligst dort hinschieben. Also schiebe ich einen Invaliden, einen total besoffenen, durch die Berliner Nacht. Er spricht von abgesägten Beinen, von Hühnerschenkeln von REWE, von Idioten aus Berlin und davon, wie jegliche Sprache für den Arsch ist, ständig lacht er über alles, ein volkstümlicher Weiser. Am Bahnhof verabschieden wir uns dann und schauen uns das erste Mal in die Augen. Er schreit über den belebten Gehweg hinweg, wie ich denn noch mal heiße. „Ďůra, ja, ďůra wie ‚Loch'?" Er kriegt den nächsten Lachanfall. Es gibt einen Mann, und er ist gerade glücklich, weil von Gott geliebt.

Es gibt einen Mann. Er liebt mich lauwarm, ich liebe ihn nachgiebig. Nichts Neues. Alles mit ihm ist von Anbeginn kompliziert, neblig, schwer greifbar, genau wie der heutige Traum. Wir liegen nebeneinander, nackt, bedeckt mit einer Blümchen-Bettdecke. Er schläft. Ich aber erinnere mich daran, was mir früher die Freundinnen in B. erzählten. Seine Füße müffeln, seine Füße stinken furchtbar. Ich hebe daher die Decke lautlos hoch und führe meine Nase bis zu seinen Sohlen, ich schnuppere aus der Ferne, dann wage ich mich näher ran, bis meine Nase seine Ferse berührt, die linke, dann die rechte. Meine Nase versenke ich zwischen seine Zehen, drei Zehen bedeckt mit harten schwarzen Haaren. Auch die Nägel sind hart, ungefähr eine Woche nicht geschnitten, an dem linken großen Zeh ist Dreck, er kennt keine Pediküre. Dort wo seine Ferse Hornhaut hat, dort befeuchte ich sie vorsichtig mit meiner Zunge, nach und nach lecke ich seine ganze Fußsohle ab, ungefähr Größe 43. Dann schaue ich doch noch kurz auf sein schlafendes Glied. Ich rieche wirklich nichts! Überhaupt nichts. Kein Gestank. Nur die Wärme schlafender Füße und ein leichtes Nervenzucken. Ich schicke eine SMS an die Freundinnen und bleibe eingetaucht in meiner rituellen Zeremonie.

Glück braucht nicht viel mehr. Keine Ausrufezeichen, keine Fragezeichen, keine komplizierte Syntax. Vielleicht nur diesen kleinen, unbedeutenden Punkt.

In Berlin schien heute den ganzen Vormittag über die Sonne. Schnee, Frost und im Schnee ein leichter Widerschein der Strahlen. Vom Schlafzimmerfenster aus waren auf dem Bürgersteig Spuren im frisch gefallenen Schnee zu sehen. Spuren eines Kindes, einer Frau, eines alten Menschen und eines Spazierstocks, kleine Spuren von Hunden und noch kleinere Spuren von Spatzen. Durch die Straße fuhr ein-, zweimal ein einsamer Skifahrer, ein Kind auf einem Schlitten, gezogen von einem der Erwachsenen, und es weinte leise. Hin und wieder ein scharfes Hundegebell. Sonst nichts. Als ob der Lärm der Stadt mit der weißgeflockten Bescherung verschwunden wäre, auch Autos waren keine zu hören. Und als ich wieder das Fenster öffne, höre ich den Atem eines einsamen Langläufers, der gerade die Straße entlangzieht. Vielleicht sieht so das Paradies aus. Eine leere und ruhige Stadt von dreieinhalb Millionen einsamen Skilangläufern. An jedem Fenster steht einer, sogar auf dem Klo sitzen welche: ruhige, schweigsame, einsame Langläufer; auch in den Krankenhäusern, in den Ämtern, in den Kinos und in den Kindergärten sind welche, überall sitzen sie mit ihren Skiern und warten versöhnt auf die nächste Strecke. Wie wäre es, wenn ich jetzt Esterházys Tochter, die gerade in ihrer Küche köchelt, aus dem Fenster meiner Küche zuwinken würde? Nein. Natürlich nicht. Ich mache das nicht.

Es gibt einen Mann, und es ist mein Mann. Ich l. ihn, er l. mich und manchmal auch im Gegenteil. Er sagt mir, ich darf nicht sprechen, und falls ich spreche, darf ich die und die Verben nicht benutzen, die und die Substantive, und das ist für ihn besonders substanziell, sonst zerstöre ich alles Schöne, was mal zwischen uns war. Ich schweige und lache, er ist heute so aufmerksam und lieb mir gegenüber, also lache ich nur, ich lache auch darüber, dass ich lachen muss, damit ich nicht etwas verderbe, mit irgendeinem Wort, einem Substantiv vielleicht. Dann aber spricht er einen einzigen gottlosen, hässlichen Satz. Und wie gewöhnlich zerstört er mit diesem Satz all das Schöne.

Es gibt einen Mann auf dem Prager Wilson-Bahnhof. Außerdem gibt es Rucksacktouristen, einen Inder mit einem Koffer, einige Dutzend ausdruckslose Reisende. Der eine Mann hat sich mich ausgesucht. Ich bin seine Auserwählte. Nur auf mich heften sich seine Augen voller Hoffnung. Er zeigt mit dem Finger auf mich und rappt: *„Mein Leben ist schrott, dein Leben im Arsch, alles hier ist grau, Pussssi, sei meine Frau"*, nuschelt er, und dann nicht einmal das, er masturbiert konzentriert und ernsthaft wie ein Jüngelchen im Kirchenchor, mit dem linken Bein im zerschlissenen Hosenbein und einem verbundenen Fuß stampft er vor sich hin. Ich schaue ihn an, ich will ihn nicht ansehen, ich beobachte ihn, ich will ihn nicht beobachten, auf dem Gesicht hat er eine hässliche Schramme, aus der Nase läuft Blut. Gleichzeitig sehe ich peripher, wie am Ausgang drei Männer vom Sicherheitsdienst ein Getränk aus Pappbechern trinken, zur Aktion bereit, Aktion, *sei bereit*. Gott, lass ihn nicht auffallen, lass seinen Psalm sie nicht näher locken, damit sie nicht sein Sperma riechen, damit er nicht in dieser vorweihnachtlichen Zeit eins über die Rübe bekommt, so dass sie ihn nicht brutal verprügeln. Beschütze ihn, Herr, Amen. Ich kann ihn ja nicht mal hassen. Dann schon eher die Gorillamännchen, aber auch die nicht. Auch die stehen mir nahe, vielleicht sogar die Kontrolleure in der U-Bahn, auch wenn das schwer zu akzeptieren ist. Ich gebe dem

Penner nix. Ich bin nicht auserwählt. Ich bin schlecht. Ich gehe. Aber ich denke immer noch an ihn. LOL würden die jungen Leute sagen.

Es gibt einen Mann, und es ist ein alter Mann. Er geht einen grünen Netzbeutel haltend eine verschneite Straße entlang. Mit langsamen Schritten tritt er vorsichtig auf den Bürgersteig mit den kleinen Eisinseln. Eine alte Frau geht ihm entgegen, sie schlurft gebückt, auch sie einen Netzbeutel in der Hand. Ich beobachte beide aus dem Schlafzimmerfenster. Werden sie geliebt? Sie sind aneinander vorbeigegangen. Die alte Frau trippelt mit weichen Schritten weiter, sie gibt sich mit jedem Schritt Mühe, sie ist müde, das merkt man. Der Mann, ungefähr fünf Schritte entfernt von ihr, dreht seinen Körper plötzlich in ihre Richtung. Er nickt feierlich mit seinem Kopf, er erstarrt für einen Moment in einem kurzen Gedanken, *fast als ob irgendetwas*, fast als ob er irgendetwas wollen würde. Es gibt einen Mann und eine Frau, die gerade den Mann für immer verpasst hat.

Es gibt einen Mann. Und es ist einer meiner letzten Söhne meiner Heimat, der mir manchmal in mein immer weniger verständliches Ausland schreibt. Ich bin in einem Alter, da nehme ich alles. Jeden Gruß, das Nicken des Postboten, ein Lächeln des Nachbarn, der hilft, meinen Abfalleimer rauszutragen, nur damit ich nicht schon wieder den Boden mit Orangensaft aus dem Müllsack bekleckere, diese Sauerei, die er nach mir aufwischen müsste, da hilft er mir doch lieber, „Sie erlauben, Madam", sagt er, jovial aus Mitleid. Ich bin jedoch in diesem fröhlichen Alter, in dem ich auf dem Flur mit Vierzigjährigen und Jüngelchen mit Pickeln flirten kann, sie merken es entweder nicht, verstehen mich nicht (ich habe eine schlechte Zahnprothese) oder lächeln mich mitleidig an, ich habe eine Grenze überschritten, es gibt nichts, wofür man sich schämen müsste, ich bin frei. Ich gebe den Jungs aus unserem Haus ungefragt Ratschläge, dem einen sage ich regelmäßig: „Du, sie mag eher andere Stöckchen als die, die du deinem Hund zuwirfst, also sei ein Mann, die mag andere Stöckchen." Und sie lächeln mich weiterhin nachsichtig an, diese Nachbarn, die Jungs, die Männer, die Alten in den Wartezimmern der Krankenhäuser. Du bist gut, echt, voll in Fahrt, Alte, deine Vagina hängt bis zu den Knien, aber du bist voll dabei. Meine Entspanntheit ist ihnen lieb, als ob sie der Grund von all dem sei, von all dem Bestreben. Ein natürlicher Kreislauf, Sportunterricht zweiundfünfzig, Sommer auf Rügen mit Rudy, Wonne und Anstrengung, eine Kabine im Schwimmbad im Jahr dreiundfünfzig, er schon längst tot und mein nasser, blutiger Badeanzug, damals und dann für immer, als ob aus mir immer Blut, irgendein Blut tropfen würde. Wenn ein Nachbarskind klingelt, kriegt es Schokolade, damit es das nächste Mal wieder klingelt, in der Wohnung rennen Kaninchen, sie heißen Kaninchen und Kaninchen, damit keine Verwirrungen entstehen, es sind jetzt meine Kinder. Dem Kind mit der Schokolade im Maul tanze ich etwas in der Tür vor, solange mein Kopf nicht schwirrt: „Entschuldige, hm, und hast du schon ein Mädchen?" Ich lehne an der Tür, nein, er versteht mich nicht, er ist sechs und Sohn pakistanischer Christen. Er hätte aber gerne noch mehr Schokolade. Ich mache alles: „Hier, Junge." Nasch was, hier, Papa, hier, Mama, ihr Christen, ihr Juden, ihr Muslime, hier auch für euch ihr atheistischen Nachbarn, Weiße, Rothäutige, bleibt ein wenig stehen, halleluja. Ich bin in einem Alter, wo alle meine Söhne meiner Heimat einer nach dem anderen schwankend weggehen. Wie Schneemänner. Und ich will nicht, ich will, ich liebe diese Schneemänner.

Es gibt einen Mann. Es ist ein Mann, und wir haben uns so oder so, wir sind alt. Wir hören uns gegenseitig nicht, wir sehen uns gegenseitig nicht. Auch er geht schwankend fort, Schneemännlein, seine Möhre ist vertrocknet und weich. Teilweise schimmelig, er steuert auf den Boden zu. Über seine Eier ganz zu schweigen, die zerfließen längst, der Körper verschrumpelt, verkleinert sich und schwindet. Trotzdem mag er die Frau in mir und in sich, denn sein Barthaar fällt allmählich aus und mir wächst es. Er mag es auch so, er ist als Oma viel empfindlicher. Er liebt in mir die Abstraktion der Frau, eine ferne Heimat, eine ehemalige Wonne. In der Verbeugung des Todes liebt der kleine Soldat. Der letzte in meinem Feld. Ich mag ihn, ich zwick ihn. „Bleibst du mit mir hier ein wenig?" Man soll sich von seinem Geliebten immer fragend verabschieden.

Es gibt einen Mann. Er ist gelb, schwarz, weiß, rot, er ist ein Gurkenverkäufer, ein Spiele-Designer, ein Schleifer mit Gewehr, ein Heiliger, ein Schwein, ein Hurenbock, er ist impotent, ein Metzger, ein Gutsherr, der Wahnsinn, kleiner Pimmel, großer Lügner, er ist ein süßer Schuft, hat die Sixtinische Kapelle erbaut, die Elektrizität erfunden, die *Ode an die Freude* komponiert, er ist ein Terrorist, der ein paar hundert Zivilisten tötet, um im Himmel mit zweiundsiebzig Jungfrauen zu bumsen, er ist ein sanfter Junge, stotternder Mann, stillender Mann, Selbstmörder, Transvestit, Jack Nicholson, *Antony (and the Johnsons)*, es ist der und der, und alles muss man ihm verzeihen, alles vergessen, denn Lieben ist einfacher, Lieben ist notwendig.

Lieben, als gäbe es einen Mann. Es gibt ja nur einen. Nur diesen einen.

Es gibt einen Mann. Aber wäre er tatsächlich der Einzige, gäbe es zu viel von ihm. Er würde sich selbst im Wege stehen. Sieger sind meistens einsam, sie küssen die Fahne auf der Zielgeraden, sie sind kühn, aber einsam, hoffnungslos einsam. Ob sie das wissen?

Also, denke ich, und Esterházy weiß es auch, dass alles mit einem verwirrten Liebestechno beginnt und endet. Und daran ist überhaupt nichts Schlechtes, Abgedrehtes oder so. An dem Techno, an der Liebe. Gestern aßen wir Blaubeerknödel, unverständlich, jetzt, im Winter. Das Wetter ist wechselhaft, draußen liegt schon wieder Schnee, aber bald soll es angeblich tauen. Esterházys Tochter sang heute am Fenster ihrem Sohn-Tochter ein ungarisches Lied. Ich nehme die Geschichten und werfe sie in ihren Briefkasten. Sie wird denken, das sei merkwürdig, irgendeine irre Slawin, und wirft die Blätter dann in den Müllcontainer. Ich hole sie aus dem Container; wir wohnen doch im selben Haus. Und ich versuche es erneut. Falls ich die Blätter zum dritten Mal im Müll finde, nehme ich die Texte und lege sie in die Schublade, wo sie nach einiger Zeit verschwinden, wie auch alles andere in meinem Leben verschwindet, um das ich mich im Leben nicht ordentlich kümmere. Ich muss mich um alles ordentlich kümmern, das denke ich, mich um alles ordentlich kümmern.

Auf dem Kita-Hof streiten sich Kinder um einem orangen Kunststoffbagger. Ein Junge und ein Mädchen. Schweigend. Sie sind fröhlich und auch traurig. Ich beobachte sie vom Schlafzimmerfenster aus. Ich denke auch an dich. Vor allem an dich. Nicht viel, etwas, fast gar nicht. Weil Russische Schokolade, weil Liebe.

Weil die Lieb. Ein Gebet ist und das Geb. Liebe ist.

Die vorliegende Übersetzung wurde mit einem
Perewest-Stipendium des Freundeskreises zur
Förderung literarischer und wissenschaftlicher
Übersetzungen e.V. gefördert.

Originalausgabe erschienen bei Verlag Archa,
Zlín 2014; Neuauflage Druhé město, Brno 2024

www.mikrotext.de
facebook.com/mikrotext
twitter/mkrtxt
instagram.com/mikrotext

1. Auflage 2024

Cover und Coverillustration: Inga Israel
Coverfoto: Kirill Pershin / unsplash
Satz: Sarah Käsmayr
Schriften: Zenon, Minion
Druck und Bindung: CPI Books, Leck
Printed in Germany

ISBN 978-3-948631-55-0